베오울프

베오울프

셰이머스 히니

허현숙 옮김

BEOWULF
Seamus Heaney

BEOWULF:
A New Verse Translation
by Seamus Heaney

Copyright © Seamus Heaney 2000
All rights reserved.

Korean Translation Copyright © Minumsa 2021

Korean translation edition is published by arrangement with
W.W. Norton & Company, Inc. through EYA.

이 책의 한국어 판 저작권은 EYA를 통해
W.W. Norton & Company, Inc.와 독점 계약한 ㈜민음사에 있습니다.

저작권법에 의해 한국 내에서 보호를 받는 저작물이므로
무단 전재와 무단 복제를 금합니다.

차례
_____

가계도
Family Trees

쉴딩족(데인족)
THE SHIELDINGS

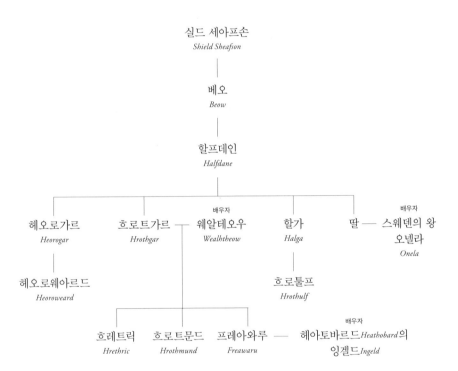

실드 세아프손
Shield Sheafson

베오
Beow

할프데인
Halfdane

헤오로가르   호로트가르 ㅜ 배우자   할가   딸 — 스웨덴의 왕
Heorogar   *Hrothgar*   웨알테오우   *Halga*   오넬라
                             Wealhtheow   배우자
                                                                  Onela

헤오로웨아르드   호로툴프
Heoroweard   *Hrothulf*

          호레트릭   호로트문드   프레아와루 — 배우자
          Hrethric   *Hrothmund*   *Freawaru*   헤아토바르드*Heathobard*의
                                                 잉겔드*Ingeld*

예아트족
THE GEATS

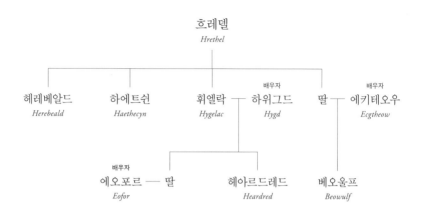

흐레델
Hrethel

헤레베알드 | 하에트쉰 | 휘엘락 | 배우자 하위그드 | 딸 | 배우자 에키테오우
Herebeald | *Haethecyn* | *Hygelac* | *Hygd* | | *Ecgtheow*

배우자 에오포르 ── 딸 | 헤아르드레드 | 베오울프
Eofor | *Heardred* | *Beowulf*

스웨덴족
THE Swedes

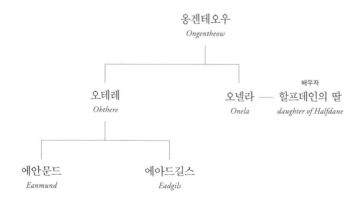

옹겐테오우
Ongentheow

오테레 | 오넬라 ── 배우자 할프데인의 딸
Ohthere | *Onela* | *daughter of Halfdane*

에안문드 | 에아드길스
Eanmund | *Eadgils*

베오울프

데인족에는 무사 왕들에 관한 전설이 전해진다.
가장 유명한 왕은 실드 세아프손인데,
그는 통치 가문의 기반을 마련했다.

자, 옛날 쉴딩족*과
그들을 통치했던 왕들은 용감하고 위대했도다.
우리는 그들의 영웅적인 전투들에 대하여 들은 바
있노라.

실드 세아프손,** 많은 부족들의 재앙,
적들에게 광란을 부린, 연회장 약탈자.
궁전 무사들의 공포는 멀리까지 드리웠도다.
애초 고아였던 그는, 이후 힘이 커지고,
번성하여 그 진가를 입증했도다.
결국 드넓은 해안가 각 부족은
고래 길 건너 그에게 굴복하고 조공을   10
바쳐야만 했나니. 그는 훌륭한 왕이었도다.

---

* 쉴딩족(The Spear-Danes): 데인족을 말한다. 이 작품에서 데인족은
브라이트데인족(The Bright Danes), 링데인족(The Ring-Danes),
웨스트데인족(The West-Danes) 및 쉴딩족 등으로 불린다. 작중 예아트족(The
Geats), 스웨덴족(The Swedes)과 더불어 주요한 부족이다.
** 실드 세아프손(Shield Sheafson): 덴마크의 전설적인 시조 왕.

이후 남자아이가 실드에게서 태어나,
마당에서 노는 어린아이로 크니, 하느님이
그 나라에 위안을 내리신 것이었도다. 하느님께서
그들이 오랫동안, 지도자도 없이 겪어야 했던
어려움들을 아셨음이라. 생명의 주님,
영광의 전지전능하신 분이 이 사람에게 영광을
내리셨도다.
실드는 아들을 낳았고, 그 아들은 널리 이름을 떨쳤도다.
베오*의 이름이 북쪽으로 알려지게 되었도다.
그리고 어린 왕자는, 아버지가 살아 계시는 동안   20
아낌없이 베풀어 이후 전쟁을 시작하게 될 때
동료들이 그의 곁을 충성스럽게 지키면서
노선을 유지할 것이니, 그만큼 겸손하였음이
분명하도다. 존경받는 행동을 하는 것은
어디서나 백성들 사이에서 힘을 얻는 길이라.

실드의 장례식

실드는 여전히 전성기였을 때 그의 때가 와
하느님 품으로 건너갔도다.
그의 무사들은 그가 데인족 사람들에게 법을 하달하며
행하라 분부한 바를 행했도다.
그들은 자신들을 오랫동안 통치한 존경해 마지않는   30

---

* 베오(Beow): 실드 왕의 아들로서, 이 작품의 주인공인 베오울프(Beowulf)
와는 다른 인물이다.

주군을, 어깨에 지고 바다 물결에 실어 보냈도다.
고리 모양 뱃머리의 배가 항구에서 얼음에 덮여,
떠날 채비를 하니, 군주를 위해 마련된 배였도다.
그들은 사랑해 마지않는 군주,
위대한 보물 수여자를 배에 태우고,
돛 옆에 눕혔도다. 멀리서 가져온 보물들과
소중한 무기들도 그의 몸 위에 올려놓았도다.
나는 이전에 전투 장비들과, 벼린 무기들,
그리고 쇠사슬 갑옷들로 이처럼 잘 갖춘 배에 대해
들어 본 적 없었노라. 많은 보물들이   40
그의 몸 위에 쌓였나니, 멀리 파도의
흐름 속으로 나아갈 것이었도다.
그들은 풍요로운 제물로 그의 시신을 장식했나니,
그가 아이였을 때 그 선조들이
그를 파도 너머 멀리 홀로 나아가도록 했을 때
장식했던 보물들 못지않았도다.
그리고 그들은 그의 머리 위 높이
황금 깃발을 올려 세워 구슬피 울며
그를 잃은 것을 애도하면서 바람과 물결 따라
흘려보냈노라. 어느 누구도, 궁전의 어느 현명한 사람도, 50
풍화를 견딘 노장도, 누가 저 짐을 인양했는지
말할 수 없고, 확실히 알 수도 없었노라.

실드의 후계자들: 그의 아들 베오에 이어 할프데인,
그다음이 흐로트가르드.

11

이제 도성을 지키는 일은 베오에게 맡겨졌도다.

부왕이 지상의 삶을 떠난 후, 그는

오랫동안 좋은 평가를 받으며

덴마크를 통치했도다. 그 후 그의 후계자

위대한 할프데인은 살아 있는 동안

원로들과 무사들을 지배했도다.

그는 네 명의 자식을 둔, 무사 왕이었노라.

세상에 나온 순서대로 각각,   60

헤오로가르, 호로트가르, 선한 할가,

그리고 딸이었는데, 내가 듣기로, 딸은 오넬라*의 왕비가
되어,

전쟁의 상처를 입은 스웨덴인에게 침상의 향기가
되었노라.

호로트가르 왕은 연회장인 헤오로트를 짓는다.

전쟁의 행운은 호로트가르에게 향했도다.

친구들과 무사들이 그에게 몰렸고,

젊은 추종자들은 강력한 군대로 성장하는

힘이 되었도다. 그래서 그의 마음은

궁전을 짓는 것으로 향했도다. 그는 영원토록

세상의 경이로움이 될 수 있는

커다란 연회장을 지으라 명령을 내렸도다.   70

그래서 그곳이 왕의 침소가 되고

---

* 오넬라(Onela): 스웨덴의 왕 이름이다.

12

그곳에서 그는 공유지나 사람의 생명이 아닌
하느님께서 주신 것들을
모든 백성에게 나눌 수 있었노라.
내가 듣기로는, 성벽을 장식하라는
명령을 세상 모든 사람들에게
내렸도다. 곧 연회장 중의 연회장이
완공되어, 모습이 다 드러나,
그곳에 우뚝 서 있었도다. 헤오로트가 바로 그가 붙인
이름이었으니, 그가 말하는 것이 곧 법이었도다.   80
그는 약속을 어기지 않고, 반지와 보물을
나누어 주었도다. 탑처럼 우뚝 솟은 연회장은
드넓고 높은 박공을 이고, 야만적인 화염을
기다리고 있었나니. 저 운명이 도사리고 있었으나,
때가 되면 다가올 것이니. 살인자의 본능이
걷잡을 수 없는 피의 갈망으로, 혼인으로 맺어진 인척들
사이에 흩뿌려져 있었도다.

헤오로트가 위협받는다.

그즈음 강력한 악마는, 어둠 속을 어슬렁거리며,
고통스러운 슬픔을 키우고 있었도다. 그는 밤마다
연회장에서 들려오는 시끄러운 잔치 소리를
듣는 것이 괴로웠도다. 하프 뜯는 소리와   90
인간의 태초가 어떠했는지 능숙하게 부르는 시인의 맑은
노랫소리,
전지전능한 하느님이 지구를 어떻게 만드셨는지,

바다로 둘러싸인 빛나는 들판을
어떻게 창조하셨는지, 광휘의 하느님은
태양과 달을 지구의 전등으로 삼아 인간에게 빛을 주시고,
세상 드넓은 마디마디마다 나뭇가지와 잎사귀들로
채우셨다는,
그리고 살아 움직이는 모든 것들에
생명을 불러일으키셨다는 노랫소리를.

"카인 족속"의 후예인 괴물 그렌델이 배회하기 시작한다.

그렇게 그곳 백성들에게는 태평성대의 세월이었노라,
지옥에서 온 악마가,   100
세상에 악을 저지르기 시작할 때까지.
그렌델이라는 이름의 이 사나운 악마는
황야를 들쑤시고, 히스 들판과
황막한 늪지대를 헤집었도다. 그는 한동안
버림받은 괴물들, 창조주 하느님께서
저주를 내려 내치신 카인의 족속들과 함께
불행하게 살았도다. 아벨을 죽인 것에 대해
영원한 주님께서는 대가를 치르게 하셨도다.
카인은 살해를 저질러 어떤 선함도 받지 못하였도다.
전지전능한 하느님께서 그에게 저주를 내리시어   110
도깨비들과 귀신들, 악령들,
그리고 감히 하느님에게 대적한 거인들이
그의 떠돌이 저주에서 나왔으니,
하느님은 결국 그들에게 보복을 행하셨도다.

그리하여, 밤이 되자 그렌델은
높다란 연회장을 향해 나섰으니, 데인족 무리들이
연회를 마친 후 어떻게 쉬는지 알아보려 한 것이라,
그는 귀족들이 연회를 즐긴 후
고통도 인간의 슬픔도 모른 채
잠들어 있는 것을 보았도다. 그때 갑자기   120
하느님의 저주를 받은 야만적인 놈이 대대적인 파괴를
감행했도다.
탐욕스럽고 험악하게 그는 서른 명을
쉼터에서 잡아채서는
공격에 미칠 듯 흥분하고 기뻐하며,
도륙 낸 시체들을 들고 자신의 거처로 달려갔도다.

그리고 여명이 밝아 오고 하루가 시작되자
그렌델의 파괴력은 분명해졌도다.
연회는 끝났고, 그들은 아침 햇살 아래 하늘까지 닿을
만큼
통곡하며 슬퍼했노라. 그들의 강력한 군주,
입에 오르내리던 지도자는, 망연자실 무기력하게 앉아, 130
부하들을 잃은 것이 창피스러워,
어찌할 바 모르고 할 말을 잃어, 깊은 절망 속에
악마의 흔적을 그저 바라볼 뿐이었도다.
그는 슬픔에 말문이 막혔으나, 잠시도 안도할 수 없었으니,

하룻밤 후 무자비한 그렌델이
다시 침입하여 더 참혹한 살인을 저질렀도다.
천생 악마인 그는 결코 후회라고는
털끝만큼도 하지 않았도다.
그래서 더 멀리 더 안전한 곳으로 옮겨
오두막에서 잠자리를 찾는 사람을 보기 쉬워졌으니,　　140
누가 자신의 눈으로 본 증거들, 연회장 감시자의
명백한 증오에 눈감을 수 있었겠는가? 누구든 도망간
사람들은
뜬눈으로 사방 멀리 가 버렸노라.

　　　　　　　　곤경에 처해 속수무책인 호로트가르 왕

그렇게 그렌델은 정의에 도전하여,
홀로 모두에게 대항하며, 장악했도다. 결국 세상에서
가장 큰 집 연회장은 텅 비고, 버려졌도다.
열두 번의 겨울 동안, 슬픔의 계절이 이어졌고,
쉴딩족의 군주는 무거운 슬픔을 짊어지고
고통을 겪었도다. 그리고 오래지 않아 이 소식은
온 세계로 퍼져 나갔도다.　　　　　　　　　　150
곤경에 처한 왕과 그렌델의 사악한 공격과 약탈,
그 오랫동안의 무자비한 싸움,
그저 전쟁 자체에 대한 구슬픈 노래들이
불렸도다. 그가 데인족과는 협상도 평화도
원하지 않을 거라고, 죽음의 거래도 죽음의 대가도
전혀 멈추지 않았다고 노래로 불렸도다.

어떠한 현자도 저 살인마의 손에서
공정한 보상을 기대할 수 없었도다.
모두 위험에 처해 있었나니, 젊은이나 늙은이나
모두 긴긴 밤이면 안개 자욱한 황무지에   160
숨어 있다가 휙 나타나 공격하는 저 어두운
죽음의 그림자의 사냥감이 되었도다. 어느 누구도
이 지옥에서 온 약탈자가 어느 곳에서 헤매다 일을
행하는지 알지 못했도다.

그처럼 그렌델은 황량한 싸움을 벌이고,
끊임없이 사람들에게, 처참한 상처를,
잔혹한 해악을 끼쳤도다. 그는 헤오로트를 점령하여,
어두워지면 빛나는 연회장을 돌아다녔으나,
왕좌이자, 하느님의 보좌에는
다가갈 수 없었도다. 그는 주님에게 추방된 자였나니.

압박을 받은 데인족은 이교도 신들에게 도움을 청한다.

이 시절은 쉴딩족 수장으로서는 가슴 찢어지는,   170
어려운 시절이었도다. 힘 있는 조언자들,
고위직 신하들이 어떻게 최선을 다해 방어할지,
갑작스러운 공격을 어떻게 격퇴할지 꾀하면서
조언하곤 했도다.
그들은 가끔 이교도들의 신전에서
우상에게 제물을 바치며 맹세하고,
영혼 살해자가 그들을 도와 백성을 구하게 해 달라

탄원하기도 했도다. 그것이 그들의 관습이고,
이교도적인 희망이었도다. 그들은 마음속 깊이
지옥만을 기억하고 있었도다. 전지전능한 심판자,   180
선한 행동과 나쁜 행동을 심판하시는 주 하느님,
천국의 우두머리이자 세상 왕 중의 왕은
그들에게 알려져 있지 않았도다. 오, 엄혹한 시절에
도움을 거부하며, 영혼을 불길 속에 내던져야 하는 자,
저주받은 자로다.
그에게는 돌아갈 곳 없도다. 그러나 죽은 후
주님에게 갈 수 있고 하느님 아버지의 품속에서
우정을 찾을 수 있는 자 복 있도다.

그렇게 저 어려운 시절은 이어졌고, 슬픔은
전혀 가시지 않았으며, 할프데인의 아들에게   190
지속된 고통은 너무나 힘겨운 아픔이었도다.
어두워진 후에는 두려움이 밀려와, 백성들은
밤마다 습격을 견디며, 공포에 휩싸였도다.

휘엘락 왕의 궁전에서 예아트족 무사가 흐로트가르를
도울 준비를 한다.

그렌델에 대한 이야기를 들었을 때, 휘엘락*의 신하는
저 너머 예아트족의 땅, 고향에 있었노라.
살아 있는 사람들 중 그와 같은 이 없었도다.

• 휘엘락(Hygelac): 스웨덴 남부 지역에 거주했던 예아트족의 왕.

한창 시절의 그는 이 땅에서 가장 힘이 세고,
고귀한 신분의 용맹스러운 사람이었도다. 그는 파도를
헤쳐 갈 배를 마련하라
명령을 내렸도다. 그러고는 자신의 계획을 공표했도다.
백조의 길을 건너 저 유명한 군주, 방어할 자가 필요한 200
저 왕을 찾아가겠노라고.
아무도 그를 말리지 않았고,
어느 원로도, 그가 소중하기는 했지만, 그의 말을
거부하지 않았도다.
대신 그들은 점을 치고 그의 출정 야망을
격려했으니, 그는 찾을 수 있는 범위에서
가장 훌륭한 무사들을 모집하여,
지도자로서 움직였도다. 드디어 그는 대장으로서
열네 명의 무사들과 함께 배에 올라,
해안가 물결을 따라 인도했도다.

영웅 베오울프와 그 휘하 무사들이 예아트족의 나라에서
배를 타고 떠난다.

시간은 흘러, 배는 바다로 나아가,   210
절벽 아래로 가까이 갔도다.
무사들은 기꺼이 뱃머리에 올랐고,
모래는 소용돌이치는 물결 속에 휘돌았으며, 무사들은
번쩍이는 무기들과 휘황찬란한 갑옷을 배 안으로
나르고, 나무로 묶인 배에 의지를 담아
앞으로 밀고 나갔도다.

배는 파도 위에서, 바람을 뒤로 하고,
목에 거품을 일으키며, 마치 새처럼 날 듯,
구부러진 뱃머리로 멀리 헤쳐 나아가,
다음 날 예정된 시간에,   220
선원들은 육지와
햇살 비추이는 절벽, 가파른 언덕,
넓은 해안의 땅과 찾고 있던 육지를 보았도다.
항해는 끝나, 예아트족은
해안가 너머, 모래벌판으로 나와서,
배를 정박시켰도다. 전투복과 갑옷들이
덜거덕거렸도다. 그들은 잔잔한 바다를
쉬이 건넌 것을 하느님께 감사드렸도다.

데인족 해안 경비병이 외부에서 온 자들에게 질문한다.

성벽 경비병, 쉴딩족의 경비병은
해안 절벽을 지키는 것이 일이라,   230
갑판 뒤쪽에서 번쩍이는 방패들과
전투 무기들이 배에 실린 것을 보고,
도착한 이들이 누구인지 무엇을 하려는지
알고 싶었도다. 그래서 흐로트가르의 마병은
해안가로 달려가, 칼을 휘두르며,
정중히 물었도다.

"당신들은 어떤 사람들이기에
쇠사슬 갑옷으로 무장하고, 바닷길 너머

커다란 배로
이곳에 왔단 말이오? 나는 오랫동안   240
해안 경비병으로 이 해안을 지켜 왔소.
내 일은 침입자들이 파도를 타고 오는지,
덴마크 해안에 위험이 있는지 살피는 것이오.
이처럼 드러내어 이곳에 온 무장 용사들은
없었소. 지휘관들이 안전하게 지나가도록
허용했는지 아니면 친족이 동의했는지
물으려 하지도 않고 말이오.
나는 이곳에 서 있는 사람보다
더 장대하게 무장한 용사를 이 세상에서
본 적 없소. 내가 틀리지 않았다면,   250
그는 진정 고귀한 사람이오. 이 사람은 영웅의
무기를 걸치고 어슬렁거리는 사람이 아니오.
그러니 지금, 당신들이 첩자들처럼 더 들어가기 전에,
나는 당신들이 누구인지 그리고 어디에서 왔는지
알아야겠소.
바다 건너 온 이방인들이여, 나 다시 말하노니,
어디에서 왔으며 왜 왔는지
어서 빨리 말하는 것이 좋을 것이오."

예아트족 영웅은 자신이 누구이며 무슨 임무를 띠었는지
설명한다.

그 무리 우두머리가 말문을 열었도다.
돋보이는 이가 다음과 같이 대답했도다.

"우리는 태어날 때부터 예아트 백성이고   260
휘엘락 왕에게 충성을 다한다오.
나의 부친은 젊을 적, 유명하고
고귀한 전사였던, 에키테오우라 하오.
그는 수많은 겨울을 사시고
세상을 떠나셨소. 세상 천지
모든 현자들이 여전히 그를 기억하오.
우리는 선의를 갖고 당신의 군주,
백성의 수호자, 할프데인의 아드님을 만나러 왔소.
우리를 바른 길로 안내해 주시오.
우리는 덴마크인의 군주에게 중요한 임무를 갖고   270
이곳에 왔소, 그래서 나는 아무것도
숨기거나 감출 것이 없다오.
그러니 말하시오, 이 위험, 그것이 무엇이든,
어두운 밤의 이 위험스러운 것,
쉴딩족 나라의 시체로 만들어 버리는 자,
죽음의 광신자에 대해
우리가 들은 바가 사실인지. 나는 진심으로
돕고 조언하러 왔소.
나는 현명한 흐로트가르에게 그 적을
물리쳐 안심할 수 있는 방법을 알려 드릴 수 있소 —   280
어떤 안도가 그에게 다가갈 수 있다면 말이오.
내가 그분의 마음속 고통과 두려움을 진정시킬 수 있소.
그러지 않으면, 그분은 슬픔을 견디며,
그의 연회장이 지평선에 높다랗게 서 있는 한
고통스럽게 살아야 할 것이오."

해안 경비병은 말 위에 앉은 채,
기죽지 않고 대답했도다. "기상과
날카로운 정신을 지닌 자라면 두 가지,
즉 말한 것과 행한 것을 척도로 삼을 것이오.
나는 당신의 말을 믿소. 또한 당신이   290
우리 왕에게 충성스럽다는 것도. 그러니
당신의 무기와 갑옷을 지니고 계속 가시오. 내가
인도하겠소.
아울러 내 부하들에게 당신의
저 모래 위 배를,
새로 타르 칠한 상태 그대로,
안전하게 지키라 명하겠소, 굽이진 뱃머리가
파도를 헤치고 이 영웅을 예아트족의 땅으로
실어 나를 때까지 말이오.
이토록 용감하고 모험적인 사람들이
전투의 격돌에서 상처 하나 입지 않기를 바라오."   300

이제 그들은 길을 나섰도다. 배는 바다 위에 떠서,
널찍한 들보를 대고, 밧줄에 단단히 묶여
곧 정박했도다. 그들의 투구 볼가리개 위에는
대장장이들이 눈부시게 벼려 준
수퇘지 문양이 번쩍이며
단호한 얼굴들 위를 지켜 주었도다. 그들은 발 맞추어

행진해 가니, 드디어 금으로 반짝이는
목조 연회장이 그들 앞에 나타났도다.
아무도 세상에서 그와 같은 다른 건물은
알지 못했도다. 왕이 살고 있는 그곳은,   310
사방에서 빛이 났도다.
용맹스러운 안내병은 그들을
저 눈부신 성채로 데려가
곧장 길을 알려 주었도다. 그리고 고귀한 무사는
말을 돌리며 다음과 같이 말했도다.
"나는 가야 하오. 전지전능하신
아버지 하느님이 당신을 보우하사 그대들의 여정을
자비로 지켜주시길. 나는 바다로 돌아가,
적군들의 습격에 대비해 다시 경비를 설 것이오."

예아트족 무사들이 헤오로트에 도착한다.

길은 돌로 잘 포장되어, 무사들이 질서 있게   320
행진해 갈 수 있었도다. 손으로 단단하게 만든
그들의 갑옷은, 번쩍번쩍 빛났도다. 반짝이는 철로 만든
그들의 무기들은 쟁그랑거렸도다. 그렇게 그들은
잿빛 전투복과 갑옷 차림으로 도착하였고,
항해에 지쳤으니, 단단한 나무로 만든 넓은 방패들을
벽에 기대 세우고
의자에 주저앉았도다. 그러자 갑옷들과
무기들이 부딪쳐 소리를 냈도다. 그들은 회색
물푸레나무로 된 받침대인, 선원들의 무기고에 자신들의

창을

모아 두었도다. 그리고 무사들 자신들도　　　　　　　　330
무기들 못지않게 훌륭했도다.

　　　　　　　그때 어떤 무사가 당당하게
그들이 어디에서 왔는지 물었도다.
"그대들은 어디에서 왔는가, 이 멋들어진 방패들과
갑옷들,
뺨을 두르는 투구들과 창들을 들고 말이오?
나는 흐로트가르 왕의 사신이자 사관이오.
나는 이보다 더 강렬하고 큰 규모의 이방인들을
본 적이 없소. 당신들이 흐로트가르 왕에게 온 것은
분명 추방이 아니라 담대하고 용감한 마음에서일
것이오."

베오울프가 자신의 이름을 말한다.

용맹스럽기로 유명한, 예아트족의 지도자는　　　　　340
투구를 쓴 결연한 자세로, 그의 말에
대답했도다. "우리는 휘엘락 왕의
신하들이오. 베오울프가 나의 이름이라오.
할프데인의 명성 드높은 아들, 그대의 군주가
우리의 말을 듣고 알현할 수 있도록
너그러이 성은을 베풀어 주신다면,
나는 기꺼이 내 임무를 말씀드리겠소."

의례가 따른다.

웬델족의 족장으로 지혜롭고 용맹스러운
정신으로 유명한 무사
울프가가 말했도다. "내가 당신의 요청대로,   350
우리의 소중한 군주이시며, 덴마크인의 친구이며,
보물을 하사하시는 우리의 고귀한 왕에게
전언을 전하겠소. 내가 가서 그에게
당신이 왔다고 여쭙고, 그가 기쁘게 주시는
답이 무엇이든 얼른 알려 드리겠소."

그렇게 말하고 그는 흐로트가르 왕이
부하들과 앉아 있는 곳으로 갔도다.
용감한 추종자들이 왕 앞에
빙 둘러서 있었도다. 그는 신하로서의 예를 갖추었도다.
울프가는 친절하신 군주에게 아뢰었도다.   360
"예아트 나라에서 온 사람들이 해안가에 와 있나이다.
그들은 멀리 드넓은 바다를 건너왔습니다.
그 무리를 이끄는 우두머리는
베오울프라 합니다. 나의 군주시여, 그들은
전하를 뵈옵고, 이야기 나누며, 서로 인사하기를
청하고 있사옵니다. 자비로운 흐로트가르 왕이시여,
거절하지 마시고 대답하여 주시옵소서.
그들의 군장과 차림새로 보아 그들은 고귀한 신분이며,
존경받을 만해 보이고, 특히 그들을 이곳까지 인도한
지도자는, 진실로 그러하옵니다."   370

쉴딩족의 수호자, 호로트가르가 대답했다.
"나는 어린 시절부터 그를 알고 있었노라.
그의 부친은 에키테오우라 한다.
예아트족의 왕 흐레텔*은 자신의 딸을
그에게 시집보냈다. 이자가 그의 아들인데,
옛 우정으로 이곳에 왔구나.
언젠가 예아트족의 나라로 내 선물을 가져다준
선원들이 돌아와 내게 그에 대한 놀라운
이야기를 전해 주었도다.
그들이 말하기를, 그는 서른 명 전사의 힘에   380
맞먹는 힘을 한 손에 지녔다고 했지. 거룩하신 하느님이
은혜를 베푸시어, 그렌델로부터 우리를 지키도록
그를 이곳 서쪽의 데인족에게까지 보내셨구나.
이것이 내가 바라는 바로다. 그의 용기에
나는 풍요로운 보물로 보답할 것이다.
서둘러 가서, 그와 예아트족 무리를
수행하여 들어오게 하라.
그에게 말하라, 덴마크에 온 것을
환영한다고."
                              연회장 문가에 서서,
울프가는 다음과 같이 공손히 말했도다.   390
"덴마크의 승전의 왕이신 나의 군주께서

---

* 흐레텔(Hrethel): 휘엘락 왕의 아버지이자 베오울프의 외할아버지로,
베오울프를 양자로 삼아 키운 인물. 2430~2440행 참조.

그대의 선조를 알고 계시고 헤오로트에 온 것을
환영하시며, 바다 건너 이곳에 온 것에 경의를 표한다고
전하라 하시었습니다.
그대들은 마음껏 투구를 쓰고 무장을 한 채
흐로트가르 왕을 뵈러 앞으로 나서십시오.
그러나 만남의 결과가 분명해질 때까지
방패들과 창들은 여기 내려놓으시기 바랍니다."

베오울프가 헤오로트에 들어와 자신의 영웅적 모험에 대해
설명한다.

그 말에 영웅은 일어섰도다,
힘센 무사들이 그를 둘러쌌도다. 일부는   400
명령대로 남아 무기를 지켰도다.
나머지는 그들의 지도자를 따라
헤오로트 안으로 들어갔도다. 장인이 만든
쇠사슬 갑옷을 입고
투구를 쓴 베오울프는
난롯가에 서서 단호한 어조로 말했도다.
"흐로트가르 왕께 문안드립니다. 저는 휘엘락의
친족이자 그의 가신들 중 한 명입니다. 젊어서는
위대한 전승(戰勝)을 쌓았습니다. 그러던 중 그렌델에 관한
소식이 고국에 있던 제게 들려 무시할 수 없었나이다.   410
당신이 겪는 고통에 대해 선원들이 전하기를,
저녁 햇살이 둥근 하늘에서 자취를 감추면
이 전설적인 연회장은 사람이 다 떠나

텅 비고 쓸모없는 것이 되어 버린다 하더이다.
흐로트가르 왕이시여, 그때 저의 백성들 중
모든 원로들과 현명한 조언자들이
폐하를 만나려는 저의 결심을 지지했나이다.
그들 모두 저의 막강한 힘을 알고 있었기 때문입니다.
그들은 제가 피투성이 적들 속 이방인이 되어
다섯이나 되는 괴물들과 싸워 그들을 다 묶었고,   420
그 족속을 습격하여 한밤중 바다에서 바다 괴물들을
물리친 것을 알고 있었답니다. 저는 극한의 고통을 겪었고
예아트인들(스스로 화를 자처한 그들의 적들을
쳐부수고)의 복수를 했습니다.

베오울프는 그렌델과 싸울 것임을 천명한다.

이제 저는 그렌델에 대항하여,
단 한 번의 싸움으로 끝장내려 합니다.
그러니, 빛나는 데인족의 왕이시여, 제가 청을 드리오니,
쉴딩족의 군주이시며 백성의 친구이시자
수호자시여, 한 가지 요청드리오니
이처럼 멀리 온 저에게   430
다른 누구도 아닌, 나의 무사들과 함께,
헤오로트를 정결케 할
특권을 거절하지 마소서.
더욱이 제가 듣기로 그 괴물이 만용을 부려
무기를 쓰는 것도 경멸한다고요.
그러니 휘엘락 왕의 명성을 드높이고

왕께서 마음으로 기뻐하시도록 검과 널따란 방패,
무거운 무기들을 포기하겠나이다.
바로 맨손 대 맨손으로, 죽기 살기로
적과 싸우겠습니다. 어느 쪽이 죽든   440
그것은 하느님의 정의로운 심판입니다.
만약 그렌델이 이긴다면, 그것은 소름 끼치는 일이지요.
그는 그 싸움터에서 예아트 백성들을 먹어치울 것이고,
이전에 그랬듯 꽃 중의 꽃인 용사들을
덮치겠지요. 그럴 때 저의 머리를
죽음으로 덮을 필요도 없을 것입니다. 그가 저를
굴속으로 가져가, 게걸스럽게 먹어 치우며
피투성이로 만들 터이니.
그는 제 시체를 날것으로 들고 흡족하게 뛰어다닐
것이고,
미친 듯이 잔혹하게, 혼자 먹어 치울 것입니다. 그러니   450
왕께서는 오래 애도하실 필요도, 저의 시신을 거두실
필요도 없습니다.
만약 전쟁이 저를 앗아 간다면, 베란드가 만들어,
흐레텔이 내게 주신 이 쇠사슬 갑옷을
휘엘락에게 돌려주소서.
운명은 가야만 하는 대로 가는 것입니다.”

흐로트가르 왕은 우정을 추억하며
그렌델의 습격에 대해 말한다.

쉴딩족의 수호자, 흐로트가르 왕이 말했도다.

"나의 벗, 베오울프여, 그대는 우리에게 도움을 주고
우리를 위해 싸우러 이곳으로 왔소.
언젠가 당신의 선친이 일으킨 분란이 있었소.
그는 자신의 손으로 불평족 헤아톨라프를   460
죽였소. 그래서 전쟁이 일어날 듯하여
그의 부족은 두려워 그를 떠나게 했소.
그는 넘실대는 파도 너머
명예의 후손들, 이곳 남쪽의 데인족에게로 왔소.
나는 당시 막 왕이 되어,
이 영웅적인 나라의 풍요로운 보물들에
내 통치를 수립하고 있었고. 할프데인의 아들이고
나의 형이자 나보다 더 훌륭한 헤오로가르는,
이미 저세상 사람이 되었소.
마침내 나는 그 분란을 돈으로 해결했소.   470
바다 너머 불평족 백성들에게 보물들을 배로 실어 나르게
했고,
에키테오우는 내게 충성을 맹세했소.

그렌델이 일으킨 슬픔과
그가 헤오로트에 가한 파괴로 누군가에게
짐 지우는 것은 나로서는 괴로운 일이고
우리에게는 모욕이오. 나의 연회장 경비병들은
점점 줄어들고, 운명에 따라 그렌델의 손아귀 속으로
휩쓸리게 되었소.
                                  그러나 하느님께서는 쉬이
이 습격과 미친 공격을 멈추게 하실 거요!

종종 나의 무사들은 술잔을 돌리고,   480
얼굴이 불콰해지면 헤오로트를 스스로
지키겠노라, 벼려진 칼을 들고 그렌델을 기다리겠노라
호언장담하고는 했소.
그러나 새벽이 다가와 하루가 어릿어릿 시작되면
텅 빈 의자마다 피가 낭자하고,
그들이 흥청거리던 연회장 마루에는 온통 살육의
흔적이 어지러이 흩뿌려졌소. 그렇게 그들, 나의
충성스러운
무사들은 죽었고, 점차 그 수가 줄어들었소.
자, 이제 테이블에 앉아, 마음껏
영웅들의 승리를 전해 주시오.”   490

                              헤오로트에서 연회가 베풀어진다.

그러고는 연회장에 긴 의자를 준비하여
예아트인들이 함께 방에 앉을 수 있었도다.
그들의 앉은 태도는 당당하고, 강건하며,
힘이 넘쳤노라. 아름답게 장식된 술잔을 들고,
시종은 자신의 본분을 다하여
맑은 술을 따랐도다. 그리고 음유시인의
맑은 목소리가 헤오로트에 가득 울려 퍼져,
데인족과 예아트인들의 대단한 회합을 밝혔도다.

                              운페르트가 어깃장을 놓다.

왕의 발가에 엎드려 있던, 에키라프의 아들
운페르트가 거스르는 말을   500
했도다. 용감한 항해자 베오울프가 오자
그는 질투심으로 아플 지경이었나니.
그는 하늘 아래 다른 누군가가 그 이상의
관심을 받을 수 있다는 것을
용납할 수도 용인할 수도 없었도다.

운페르트가 과거 베오울프와 벌였던
수영 시합에 대해 이야기한다.

"그대가 드넓은 바다에서 브레카에게
수영 시합을 걸어, 이길 수 있다고
바다에서 모험했던 그 베오울프인가?
깊은 물속에서 모험한 것은
그저 허영심 때문이었지. 친구이든 적이든   510
너희 둘을 말릴 수 없었지. 바다에서
경주하는 것에 너희 둘은 사로잡혀 있었어.
너희는 바다를 껴안듯이, 그 흐름을 받아들여
물결을 제압하며 파도를 타고
나아갔지. 바다는 파도치고,
겨울 물살이 거칠게 흔들렸지만, 너희는 일곱 밤 동안
겨루었어. 그러다 브레카가 너보다 앞서 헤엄쳐,
더 강한 경쟁자로 해안가에 닿았지.
그는 어느날 아침 파도에 실려

헤아토렘인*들 사이에,   520
안전하게 떠올라, 브론딩족**의 나라에서 그가 속했던 곳,
고향으로 다시 와서,
보물과 성을 확실하게 가졌지. 그렇게 브레카는
그대와의 일을 자랑했고 옳았음을 증명했다네.
그러니 그대가 지금까지 모든 전투와
싸움을 헤쳐 나왔다 해도,
이번에는 최악을 맞을 것이네. 어느 누구도
그렌델에게 대항하여 밤새 버티지 못했으니까."

베오울프는 운페르트의 말이 잘못된 것이라며 정정한다.

에키테오우의 아들 베오울프가 대답했도다.
"그래, 내 친구 운페르트여, 그대는   530
브레카와 나에 대해 그대의 말을 했네. 게다가
술김에 한 말이지. 사실은 이렇다네.
저 높은 파도를 넘기란 정말 어려운 일이었으나,
나는 누구보다 강한 바다의 최강자였네.
우리 모두 어린 시절을 함께 보냈고, 서로 이겨 내려
경쟁하며, 바다에서 우리는 목숨을 걸고
서로 위험을 감내하며
성장했네. 그래서 그렇게 된 거라네.
우리 모두 칼을 들고,
우리 각자, 칼집을 버린, 칼을 들고, 고래로부터 보호하려 540

---

* 헤아토렘인(The Heathoreams): 오늘날의 남부 노르웨이에 거주했던 부족.
** 브론딩족(The Bronding): 스웨덴의 한 부족.

34

단단히 벼린 칼을 들고 헤엄을 쳤지. 그러나 브레카는
내가 그를 앞서 나아갈 수 있는 것보다
더 멀리 더 빨리 헤엄칠 수 없었네.
우리는 어깨를 나란히하고, 다섯 밤을
고생하며 헤엄쳤는데, 길고도
커다란 파도가 계속 차갑게 몰아치고,
밤이 되면 북풍이 불어와 결국
우리를 갈라놓았네. 깊은 곳에서 끓어오르듯
울부짖는 소리에 바닷짐승들은 격렬해졌네.
내 무기들이 나를 도와 살려 주었네.   550
손으로 엮고 연결시켜, 둥글고 단단한,
훌륭한 금으로 된 딱 맞는 사슬 갑옷이,
바다의 어떤 것이 나를 바닥까지
끌어당겼을 때 나를 안전하게 보호해 주었네.
순식간에 포획되어 그 손아귀에 잡혔으나,
결정적인 운은 내게 왔네. 나는 칼을 휘둘렀고,
그 시련은 끝났다네. 내 손으로
격렬한 싸움 끝에 바다 괴물을 끝장냈네.

베오울프는 바다에서 겪었던 시련에 대해 말한다.

악한 것들은, 숨어 있다 쫓아와서,
번번이 나를 공격했으나, 나는 내 검을   560
휘둘러, 내가 지닌 것을 온전히 주었다네.
내 몸은 잔칫감이 아니니,
괴물들이 바다 밑 바닥에서 잔치를 벌이며

맛의 향연을 즐길 수는 없었지.
대신 아침이 되자 검에 찔려 죽은 듯
누워 마치 바다의 찌꺼기처럼
둥둥 떠다니게 되었지. 그 후 지금까지
선원들은 안전하게 되었을 것이고, 깊은 바다의 공격은
다행히 모두 끝났다네. 하느님의 찬란한 약속인
햇살이 동쪽에서 떠올랐고, 파도는   570
잠잠해졌다네. 나는 갑옷과
바람막이 절벽을 볼 수 있었네. 가끔 운명은, 겁 없는
용기로,
아직 점찍어 놓지 않은 자를 살려 준다네.
운명이 어떻게 되었든, 내 칼이
바다 괴물 아홉을 죽였지. 그런 밤의 위험과
시련에 대해, 솟구치는 파도 속에서
더 절망적인 사람에 대해 나는 들어 본 적 없다네.
나는 완전히 기진맥진했지만, 살아남아,
내 목숨을 회복했네. 바다가 일어나
나를 해안가로 데려다주었고, 나는   580
핀란드 해변에 안전하게 도착했다네.

운페르트를 꾸짖은 후, 베오울프는 그렌델을 물리칠 것임을
다시 단호하게 선언한다.

                    나는 운페르트 그대가
비교하며 말하는 싸움을
기억할 수 없네. 내가 자랑하는 것은 아니네만

36

그대도 브레카도
무사로서 칭송받은 적 없고
전투에서 위험을 감내한 적 없네.
그대의 무기들로 친인척을 죽였으니,
그 명민함과 재치에도 불구하고
그대는 지옥의 나락에서 저주받게 될 것이네.
운페르트여, 실로 그대가 주장하는 것처럼   590
영민하거나 용기 있다면
그렌델이 결코 그처럼 아무 제어도 받지 않는 대학살을
저질러 놓고 사라지지 않았을 것이고, 그대의 왕을
공격하지 않았을 것이며,
헤오로트에서 대참사를 벌이지도, 사방에 공포를
일으키지도 않았을 것이네.
그런데 그는 알고 있었네, 그대의 칼에 자신의 피가
흩뿌려질 염려를 할 필요도 없고, 이곳에서
어깨에 창을 멘, 승리의 쉴딩족들로부터 어떤 복수도
일어나지 않을 것임을.
그는 알고 있지, 흡족할 정도로 그대 데인족들을
짓밟을 수도, 모욕을 주고 복수의 걱정 없이   600
살육할 수 있다는 것도. 그러나 나는 다르다는 것을 그가
알게 될 거야.
나는 그에게 보여 주겠네, 예아트족이 전투의 열기로
어떻게 죽이는지를. 그러니 원하는 자 누구든 용감하게
연회장으로 갈 수 있을걸세, 아침 햇살이,
광휘에 둘러싸여, 남쪽에서 반짝이며,
세상에 다시 새벽을 불러올 때에."

그러자 백발의 보물 수여자께서 기뻐하셨도다.
전투에서 멀리까지 명예를 드높인, 빛나는 데인족의
군주이자 백성의 수호자는 베오울프에게,
　그 무사로서의 강건함과 그의 말에 신뢰를 보냈도다.　610
그래서 웃음이 피어나, 시끌벅적 더 커지면서,
모두 행복해졌도다. 호로트가르의 왕비,
웨알테오우가 예의를 갖추었도다.
금으로 치장하고, 그녀는 우아하게
연회장에 있는 사람들에게 인사하고는,
먼저 고국의 수호자 호로트가르에게 술잔을 넘기며,
다 마시고, 연회를 즐기시라 아뢰었으니,
그가 그들에게 소중한 사람이기 때문이라. 그래서 그는
축제의 기분으로 무사로서, 술잔을 들이켰도다.
그러자 헬밍족 여인은 여왕답게 위엄을 갖춰　　　620
연회장에 둘러선 이들 사이를 돌아다니며,
모든 계급의 사람들에게 술잔을 건네,
가신들과 모여 있는 무사들 모두 대접하였고,
드디어 베오울프의 차례가 되어 그녀의 손으로부터
술잔을 받았도다.
그녀는 정갈한 말로 그 예아트인을 환영했고
믿을 수 있는 무사가 나타나
그들의 고통을 덜어 주기 바랐던 소망을

신께서 들어주신 것에
감사를 올렸도다. 용감하고, 행동으로
위험을 감수하며, 항상 기꺼이
행하는 그가, 그 잔을 받아 들었도다. 그가 웨알테오우에게
연설했도다,   630
에키테오우의 아들 베오울프가 말했도다.

베오울프의 정중한 호언장담

"바다로 나섰을 때 나는 결심했습니다.
나의 무사들과 뱃전에 앉아 있을 때,
당신 백성들이 원하는 것을 끝까지 이뤄 낼 것이며,
이루지 못한다면 적의 손아귀에서,
싸우다 사라지리라. 그러니 나는 목적을 달성하고,
내 당당한 행동으로 증명할 것이며,
아니면 여기 연회장에서 죽음을 맞을 것입니다."

예아트인 베오울프의 이 호언장담에
왕비는 매우 기뻐했고 고귀한 자태로 금장식을 하고,   640
흐로트가르 옆에 앉았도다.

흐로트가르 왕은 헤오로트를 베오울프가
지키도록 하고 떠난다.

이제 연회장에는 이전처럼 당당한 이야기들과,
행복한 사람들로 흥분된 소리들이 크게

울려 퍼졌도다. 곧 할프데인의 아들이
밤의 휴식처로 떠나야 할 때가
되었도다. 그는 악마가
연회장으로 다가오고 있음을,
그가 새벽부터 어둠이 이 세상을 뒤덮을 때까지
내내 계획을 짜고 있음을,
밤의 모습이 구름 아래로 슬며시 도둑질하듯   650
왔음을 알고 있었도다. 그들은 두 지도자들이 제각기
떠나려 하자 모두 일어났도다.
흐로트가르는 베오울프에게 건강과 행운을 빌며,
그를 연회장을 지키는 자라 명명하고 다음과 같이
말했도다.
"나는 방패를 든 이래
덴마크인들의 연회장을 그대 말고는 누구에게도
맡긴 적이 없소.
맡아 지키시오, 가장 훌륭한 곳이니.
기개를 지키고, 그대의 명성을 새겨,
적을 감시하시오. 그대가 승리하여 살아남으면   660
원하는 것은 무엇이든 당신 것이오."

흐로트가르는 자신의 호위병들과 함께 떠났도다.
전쟁으로부터 데인족을 보호하는, 그들의 군주는
연회장을 떠나 왕비이자 침실의 동반자인
웨알테오우와 함께 침상에 들었도다. 영광의 왕은
(사람들이 알게 되었듯), 그렌델에 대적할,
괴물에 대항할 경비병을 세웠으니,

데인족의 군주를 위한 특별 경계였도다.
그리고 예아트인은 자신의 강한 육신의 힘과
하느님의 은총을 굳게 믿었도다.   670
그래서 그는 쇠사슬 갑옷을 몸소 벗고,
투구를 벗었으며, 대장장이의 걸작인
문양이 새겨진 칼을 시종에게 맡기고,
군장들을 잘 지키라 명했도다.
잠자리에 들기 전, 베오울프,
선함의 왕은 당당하게 말했도다.

베오울프는 무기를 사용하지 않을 것이라고 말한다.

"싸움이 벌어질 때, 나는 나 자신 그렌델처럼 언제든
위험하다 여기고 있소.
그래서 쉬이 그럴 수 있으나,
나는 그를 칼로 베어 쓰러뜨리지 않을 것이오.   680
그자는 거친 힘을 가졌으나, 방패나 검으로 하는
예술 같은 싸움에 대해서는
전혀 알지 못하오. 따라서 오늘 밤에는
어떤 무기도 쓰지 않을 것이오. 그가 감히 나를
대면하려 한다면, 무장하지 않은 상태여야
할 것이오. 신성한 주님께서 어느 편이든
보시기 적절한 편에 승리의 영광을 그의 지혜로
주시옵기를."

예아트족 무사들은 그렌델의 공격을 기다린다.

그리고 용감한 자는 베개에

머리를 뉘고, 그의 모든 신하들,

바다의 방랑자들이 그 옆에서 휴식을 취했도다.　　　690

아무도 그가 다시 고국으로 돌아가

고향 땅과 그를 키워 준 사람들을 볼 수 있을 거라

기대하지 않았도다.

그들은 이전에 어떠했는지,

예아트족 사람들이 얼마나 자주 연회장에서

죽음의 희생자가 되었는지

너무나 잘 알았도다. 그러나 주님께서는

전쟁의 베틀에서 예아트인을 위한 승리의 실을 잣고

계시었도다.

그들 모두 하나 된 강력함이 압도했도다.

그들은 적을 무찌르고 승리와 기쁨을 얻을 것이니.

진리는 명백하도다.　　　700

전지전능한 하느님께서 인간을 통치하시고,

늘 그러하시니.

　　　　　　　　　그때 깜깜한 어둠 속에서

어둠을 좇는 자가 재빨리 슬며시 나타났도다.

연회장 경비병들은 단 한 명을 제외하고는

모두 초소에 늘어져 잠들었도다. 널리 알려지기로는

하느님이 원하지 않으시는 한,

적은 그들을 자신의 어두운 소굴로 데려갈 수 없을

터이니.

그러나 한 사람이 싸움할 마음으로

42

깨어 있는 채 경계하며, 행동하려 조바심 나 있었도다.

그렌델이 공격한다.

황무지 저 너머, 안개를 뚫고   710
하느님의 저주를 받은 그렌델이 게걸스럽게 천천히
다가왔도다.
인류의 골칫덩이는 이리저리 헤매듯 다가와,
높은 연회장에서 사냥감을 찾았도다.
그는 흐릿한 구름 아래로 움직이며 다가왔도다,
금으로 성벽을 쌓은, 가파른 성이
머리 위에서 반짝이는 곳으로. 그가 흐로트가르의 거처를
찾은 것은 이번이 처음은 아니었도다.
물론 그의 생애 이전과 이후에,
이보다 더 어려운 운명이나
연회장 경비병들을 만난 적은 없었도다.
그는 낙담하고 우울한 채, 앞으로 계속 나아가   720
외양간*에 도착했도다. 그의 손이 닿자
쇠로 된 문의 빗장이 열렸도다.
그러자 그의 분노가 들끓어, 건물의 입을
찢어발기듯 열어젖히고 혈기 등등하게 미친 듯이,
무늬가 있는 긴긴 바닥에 혐오스러운 발자국을 남기며
걸어갔도다. 그러는 동안, 해로운 빛이
빛이라기보다 불꽃이 그의 눈에서 번득였도다.

---

* 외양간: 'bawn'에 대한 번역으로, 히니는 이 작품에 대한 번역 소개글에서
이 어휘에 대해 자세히 설명하고 있다. 이 책의 「작품에 대하여」를 참조할 것.

그는 홀에서 많은 친족과 무사들의
무리가 함께 잠들어 있는 모습을
보았도다. 이에 아수라장을 그려 보는, 그의 기쁨은,   730
악마의 것이었도다. 아침이 되기 전에 그는
그들을 갈기갈기 찢어발겨, 삼켜 버릴 것이며,
그들의 살을 먹을 것이었도다. 그러나 그의 운명은
그날 밤 바뀔 것이고, 그의 약탈로 이어진 나날은
끝날 것이었도다.

예아트족 무사 한 명이 희생되어 사라진다.

                      강대하고 꾀가 좋은
휘엘락의 친족은 그 괴물의 첫 움직임을
면밀하게 지켜보고 있었도다.
그 괴물은 그가 기다릴 틈을 주지 않고
갑작스럽게 공격하여 들어왔도다.
그는 벤치 위 한 무사를 움켜잡아 상처를 내고는,   740
그의 뼈를 핥아먹고 피를 게 눈 감추듯 재빨리
흡입하고는
커다란 살덩이들을 삼키고, 그 몸을
완전히 죽이고는, 사지를
다 먹어 치웠도다. 감히 가까이 오더니,
그의 꼬리를 치켜들어 침대에 누워 있던
베오울프를 공격했도다. 그가 손아귀를 활짝 벌리자
경계하고 있던 영웅은 되받아치고
어깨를 감아 꼼짝 못하게 하여 완전히 그를

방어하였도다.

악마의 대장은 이 지구상
그 누구에게서도 보지 못했던   750
강력한 손아귀에 자신이 붙잡혀 있음을
알게 되었도다. 몸속 뼈 마디마디가
두렵고 으스러졌으나, 놈은 도망칠 수 없었도다.
놈은 필사적으로 자신의 소굴로 도망쳐 악마의 무리와
숨으려 했는데, 이제껏 이처럼
꼼짝없이 궁지에 몰린 적은 결코 없었도다.
그때 휘엘락의 믿음직한 후손은
잠들기 전 한 말을 기억하고, 벌떡 일어나
단단히 붙잡았도다. 손가락들이 터질 듯했고,
괴물은 도망치려 했으나 그의 힘이 압도했도다.   760
그 나라의 재앙인 그놈은 길을 한 바퀴 돌아
자신의 늪지대 소굴로
필사적으로 도망치려 했도다. 그놈의 손가락
힘이 약해지고 있었도다. 이번은 공포의 괴물이
헤오로트로 간 여정 중 최악이었나니.
연회장 판자들이 떨리며 크게 울리니,
궁궐 안 모든 데인족을 괴롭히는
연회장의 즉흥 연주였도다. 분노에 치를 떨며,
두 적대자들은 건물 전체에서 충돌했도다.
연회장은 우르릉 흔들리며 소리를 냈지만, 싸움에   770

무너지지 않고 여전히 서 있었도다.
그것은 대장장이의 최고 작업으로
안팎이 다 단단한 틀을 지니고,
훌륭하게 만들어진 것이었도다. 이야기에 따르면,
그 둘이 싸울 때, 연회장 의자들이 부서지고
금으로 장식된 의자들이 마룻바닥에서 튀어 올랐더라.
그때까지는, 타오르는 불꽃이 그것을 삼키지 않는 한
그 뿔로 장식한 연회장을 부술 만한
힘이나 사람이 이 세상에 있으리라고 믿을
데인족의 원로는 아무도   780
없었건만. 그때 이상한 괴성이 들려,
소름 끼치는 공포심이
데인족들을 덮쳤도다. 성벽 너머 울려 퍼지는
소리를 들었을 때 모든 사람이, 하느님의 저주를 받은
비명이며 대재앙의 선율, 패배자의 고함,
자신의 상처를 애달파하는 지옥 노예의 한탄이라고
다들 느꼈도다. 그놈은 제압되었고,
모든 사람들 중 가장 우월하고 이 삶의 전성기에서
가장 강한 사람에 의해 단단히 재갈이 물렸도다.

                          베오울프의 무사들이 그를 보호한다.

그러나 고위 무사들의 지도자는 방문객이   790
살아 떠나도록 결코 허용하지 않을 작정이었노라.
그는 저 생명이 누구에겐들 의미 있다
생각지 않았도다. 여전히

베오울프의 무사들은 선조로부터 물려받은
검으로 최선을 다하여,
그들 군주의 생명을 지키려 했도다.
용감하게 행동하면서, 그들은 곧장
영혼까지 찌르려 하면서,
사방으로 공격을 가했도다. 전투에 가담했을 때
당시에는 알 수 없었던 어떤 것이 있었는데,   800
그것은 바로 세상 어떤 검이나 어떤 대장장이의 솜씨로도
그들의 적인 악마를 해칠 수 없다는 점이었도다.
그는 마술을 부려 어떤 무기에서든 그 칼날에
해악을 불러냈도다. 그러나 이 세상에서 그가 사라지고
그의 나날은 자신에게 고통이 될 것이니,
그의 이교도 영은 멀리 가서
악마들의 지배에 놓이게 될 것이어라.

그렌델을 무찌르고 베오울프는 자신의 무용을 완수한다.

이전에 사람들의 마음을
고통과 아픔으로 괴롭히고
신에게도 맞섰던 놈은   810
자신의 육체가 이제 사라졌음을 알게 되었도다.
휘엘락의 혈족이 그를 무기력하게
손아귀로 꼼짝 못하게 했도다. 둘 중 누군가 살아 있는 한,
그는 상대에게 증오였도다. 괴물은 몸 전부가
고통스러웠고, 어깨에는
끔찍한 상처가 보였도다. 근육은 찢어지고

무릎뼈들은 튀어나왔도다. 베오울프에게
승리의 영광이 수여되었도다. 그렌델은
치명상을 입고, 늪지 아래를 지나,
자신의 황량한 거처로 쫓겨났도다. 생명이   820
다하여 종말이 다가오고 있음을
놈은 분명하게 알고 있었도다. 한 번의 피투성이 격투로
데인족들의 소중한 소망이 이루어졌도다.
얼마 전 그들에게 온, 당당하고 확신에 찬
사나이가 연회장을 정화하여,
해악으로부터 지켜 냈도다. 그는 자신이 밤새 한 일에
스스로 보여 준 용기가 만족스러웠도다. 예아트인 대장은
덴마크인들에게 한
자신의 호언장담을 대담하게 이룬 것이었도다.
그들이 겪어야 했던 커다란 절망과 돌이킬 수 없는
모욕감,   830
힘든 운명, 작지 않은 아픔을
그는 치유하고 덜어 내었도다. 이에 대한 분명한 증거는
그 영웅이 지붕 가까이 높이 전시한
손에서 볼 수 있었도다. 그렌델의 어깨와 팔,
그의 놀라운 악력이었도다.

다음 날 아침: 안도와 기쁨

내가 듣기로, 아침이 되자 많은 무사들이
보물을 하사하는 연회장에 모여들었고,
백성들의 우두머리들이 멀리 또는 가까이에서

넓은 길을 따라, 괴물의 발자국을 정말 궁금해하면서,
모여들었노라. 놈의 필사적인 도망,   840
놈의 흔적, 지친 영혼으로
싸움에 져 길에 피를 흘리며,
악마들의 호수로 향하는 자신의 운명을 끌고 가는 곳에
놈이 도망치며 남긴 끔찍한 자국을 보고
애통해한 이 아무도 없었노라.
피로 물든 물이 덩싯거리며 솟구치고,
파도와 핏덩이, 그리고 끈적거리는 상처의 진물이
끔찍스럽게 뒤섞여 오르내리고 있었도다.
죽음이 닥쳐와, 그놈은 자신의 늪지대 깊이 들어가,
생명과 이교도 영혼을 물속 깊이 빠뜨려 버렸도다.   850
지옥이 그를 차지한 것이었도다.

이제 그들은 말에 올라, 나이 든 무사들은
많은 젊은 무사들을 끌고
사기 충천하여
호수에서 돌아왔도다. 베오울프의
전승을 거듭 칭송했도다.
그들 말로는, 남쪽에서나 북쪽에서나,
두 대양 사이에서나 드넓은 땅 위 드높은 하늘 아래
창을 들어 왕국을 다스리기에
그보다 훌륭한 이 없다 하였도다.   860
그러나 그들의 왕, 고귀한 흐로트가르에게 비난하는 말
한마디 없었으니, 그는 훌륭한 왕이었도다.

전쟁의 용사들은 가끔 말타기 경주를 할 때면
그들의 밤색 말들을, 그들이 잘 알고 있는 곳에서
하기 좋다 여기는 곳이라면 어디든
달리기 경주를 하게 했도다. 때로는 왕의 신하 중,
이야기꾼이나 과거의 노래에 대해
깊이 배운 전통 노래꾼이
엄격한 운율에 새로운 주제를
접목했도다. 그는 능숙하게,   870
베오울프의 승전과 공적들을
잘 짜인 선율에 자신의 말들을 섞어,
읊기 시작했도다.

용을 무찌른 시게문드 이야기는 그렌델을 무찌른
베오울프에게 적절하다.

                    그는 시게문드의 모험에 대해,
그 수많은 공적과 놀라운 업적들,
피텔라 외에는 아무에게도 알려지지 않았던
웰스 아들의 노고와 방황,
삼촌으로서 조카에게 말하고 싶었던,
반목과 악행에 대해 노래로
거듭 들었던 것에 대해
전하였도다. 그들은 늘 전투에서는 전우였고,   880
필요할 때마다 친우였도다.

그들은 거대한 종족들을, 그들의 검으로
패퇴시켜, 무찔렀도다.

그가 죽은 후
시게문드의 영광은 더욱더 커져 갔다네
그가 보물의 수호자인 용을 죽였을 때의
용기 때문에. 회색 바위 아래로
그는 피텔라 없이 혼자
최악의 것을 대면하러 들어갔다네.
그러나 그의 칼은 저 휘황찬란한 껍질을
곧바로 관통하여   890
벽에 꽂혔다네. 용은 바로 죽었다네.
용감무쌍한 덕분에 그는 보물을, 그가 원하는
것이 무엇이든, 완전히
갖게 되었다네. 그는 배에 실었네.
웰스의 아들은 반짝이는 보물로
배를 묵직하게 했다네. 용은 열기에 녹아 버렸네.

헤레모드 왕을 추억하며 베오울프와 비교한다.

시게문드의 이름은 사방에 퍼졌다네.
그는 정말 용감하고 모험심 가득하여,
헤레모드의 용맹함이 쇠하고 그의 업적들이
차츰 줄어들자 그의 무사들 주변에   900
담장이 쳐지고 번성하게 되었다네. 왕은 배신당해,

매복해 있던 유트인들의 손에 넘어가,
처형되었다네. 슬픔의 파도에
그는 완전히 절망하여, 그의 고관들에게
짐이 되고 걱정거리가 되었다네.
그 일은 종종 저 초기 현자들의
비난을 받았는데, 그들은
그의 지도력에 의지하여,
왕자가 아버지의 왕좌를 이어받아
번성하고, 그들이 살며 속한 나라 덴마크를 수호하여,   910
그들의 보물과 요새를 지켜 줄 거라
기대했던 사람들이라네. 베오울프는
이렇게 친구들과 모든 사람의 사랑을 받고 있으나,
헤레모드에게는 악이 다가왔다네.

그사이 데인족 사람들은 모랫길을 따라
마상 경기를 이어 갔도다. 하루의 빛이
떠올라 계속 밝게 빛났더라. 무사들의 무리가
흥분한 상태로 놀라운 광경을 보려고
높다란 홀로 겅중거리며 달려갔도다. 왕 자신도,
보물의 수호자, 됨됨이 훌륭한 왕도   920
많은 수행원들과 함께 위엄을 갖춰
몸소 왕비의 처소로 걸어와,
많은 시녀들을 거느린 왕비와 연회장으로 건너갔도다.

　　　호로트가르 왕은 헤오로트가 안전해진 데 대해 고마움을

표시하며 베오울프를 자신의 "마음속"에 담는다.

흐로트가르 왕은 연회장에 도착하여,
삐죽 나온 처마 밑 계단에 서서,
지붕과 그렌델의 발을 쳐다보며 말했도다.
"우선 먼저, 전지전능하신 아버지께
이 광경을 허락하심에 감사드리노라. 나는 오랫동안
그렌델의 괴롭힘으로 인해 많은 고통을 겪었노라. 그러나
천국의 목동께서는
항상 어디서나 기적을 베푸시도다.　　　　　　　930
얼마 전까지 나는 나의 짐을
조금이라도 덜어 줄 위안을 결코
얻지 못할 것이라 여겼도다. 참으로 좋은 집들이
불타 무너지고 피로 물들었도다.
이 걱정이 다른 모든 것을 압도하였고
백성의 성채들을 괴물과 악마들의 공격으로부터
확고하게 지키려 한 원로들에게도
계속된 괴로움이었도다. 그러나 지금, 한 사람이
주님의 도움을 받아, 이전 우리의 모든 노력으로도
할 수 없었던 이것을　　　　　　　　　　　940
이루어 냈도다. 어느 여인이든
이러한 꽃 같은 사람을 낳았다면, 그 여인은,
만약 살아 있다면, 만대의 주님께서
그녀가 아이를 낳을 때 은총을 내리셨다고
말할 것이로다. 그러니, 자, 베오울프여,
나 그대를 사랑하는 아들로 내 마음에 받아들이노라.

이 새로운 관계를, 그대 가장 고귀한 자여,
함양하고 간직하라. 그대가 원하는 것에 부족함 없을
것이고,
그대의 것 아닌 것이 이 세상에 없을 것이로다.
나는 더 사소한 업적에도 보상했고,   950
더 값어치 없는 것에도 가치 있고
아낌없는 보상으로 무사들을 격려했다.
그대는 영광스러운 업적으로 스스로
불멸의 존재가 되었도다. 만대의 주님께서
늘 그대를 지켜 주시고 보상하시기를."

베오울프는 그렌델과의 싸움을 묘사한다.

에키테오우의 아들, 베오울프가 대답했도다.
"우리는 영광스럽게도 노력했고
이 알 수 없는 것과 대항한 싸움에서
많은 은혜를 입었나이다. 그럼에도 불구하고
괴물이 쓰러진 곳을 전하께서 몸소   960
보셨다면, 저는 더 좋았을 것입니다.
제 계획으로는 그를 때려눕혀, 족집게로 잡듯
손아귀에 넣어 죽음의 침상에 묶어 놓는 것이었습니다.
그래서 그의 몸뚱이를 제 맨손으로 잡아
아무런 힘도 없이 일생 헐떡이게 하는 것이었습니다.
그러나 제 손아귀에서 빠져나갈 수밖에 없었습니다.
하느님이 허락하사, 저는 그를 붙잡기에는
충분히 강하지 않았고, 그는 격렬히 발버둥 치다

54

달아났습니다. 하나 그는 엄청난 자유의 대가를
치렀으니, 손과 팔, 그리고 어깨를   970
이곳에서 볼 수 있게 남겨 놓았습니다.
우리에게는 냉정한 위안입니다.
놈은 이제 이 세상에 오래 있지 못할 것입니다.
놈은 최악의 싸움을 했고, 상처로 인해 끝장날 것입니다.
놈은 고통으로 꼼짝 못 하고 고통에 갇혀 절뚝거리고,
불구가 되어 쳇바퀴를 돌 것입니다. 사악함 때문에
쫓겨난 사람처럼, 놈은 하느님이 엄하게 내리실
강력한 심판을 기다려야 합니다.”

전리품: 그렌델의 어깨와 갈퀴 같은 손

연회장 고관들이 그 영웅의 대단한 용감함을
증명하는 벌어진 손을   980
처마 아래에서 높이 보았을 때,
허풍쟁이 운페르트는 허튼소리도, 참견도,
그럴 듯한 거짓말도 하지 않았도다. 발톱에 버금가는
박차 같은 손톱들, 저 이교도 야만의 손에
튀어나온 쇠꼬챙이가 모두 마치
쇠줄과 같았도다. 아무리 오래된 칼이라도
그를 관통하기에 충분히 단단한 쇠칼은 없으며,
그 야만적이고 피떡 진 발톱을 잘라 낼 만한 칼은
없을 것이라 말했도다.

파괴된 연회장은 복구된다.

그 후 헤오로트 내부를 빨리 재건하도록   990
손을 보태라는 명령이 떨어졌도다.
연회장에 모인 남녀 모두
그 일에 채비했도다. 벽에 드리워진
빛나는 금실, 시선을 잡아끄는
수놓인 풍경들.
그러나 쇠로 고정되었된 내부의
빛나던 방은 지금 폐허가 되었도다.
문들조차 돌쩌귀에서 덜렁대고 있었도다.
오직 지붕만이 죄로 더럽혀진 적 없이
죄로 더러워진 괴물이 살아날 가망 없이 내뺄 때   1000
파손되지 않고 남아 있었도다. 그러나 죽음은
누구에게도 쉬이 사라지지 않는도다.
영혼을 지닌 우리 모두, 이 땅에 거하는,
인간의 아이들은 필히
이미 정해진 운명으로 향하고,
육체는, 잔치가 끝난 후,
죽음의 침상에서 잠이 드나니.

                                        승리의 연회.

                        그때 할프데인의 아들이
연회장으로 올 시간이 되었도다.
왕도 몸소 주연에 참석하려 했도다.
보물 하사자 주변에 이보다 더 훌륭한 고관들이   1010

이보다 큰 무리로 모여든 적 없었도다.
좌석에는 유명 인사들이 잔뜩
앉아 연회를 즐겼도다. 연달아 술잔이
돌았노라. 저 강력한 친족들,
흐로트가르와 흐로툴프도 서까래 두른 홀에서
기분이 최고였도다. 헤오로트 안에는
우정만 있었도다. 덴마크는
아직 분열과 배신을 알지 못했도다.

베오울프에게 승리의 선물을 준다.

그때 할프데인의 아들이 베오울프에게
승전의 선물로 금으로 수놓인   1020
깃발을, 그리고 갑옷과 투구를 선물했도다.
귀중하며 또한 명예의 징표인
검이 높이 치켜 올려졌도다.
그래서 베오울프는 편안하게 술잔을 들이켰도다.
연회장 무사들 앞에서 선물 세례를 받는 것은
전혀 부끄러운 것이 아니었도다. 확신컨대, 사람들이
그처럼 친밀하게 앉아 그런 선물들을
전하는 순간은 많지 않도다.
도드라지는 무늬를 새기고, 철사를 두른 테가
투구 위를 둥글게 감싸니, 그가   1030
방패를 들고 전투를 하다 위험해졌을 때
머리에 해를 입지 않도록 한
보호 장치였도다.

이어 왕은 금 고삐를 갖춘
말 여덟 마리를 연회장 안으로 끌어오라
명했도다. 말 한 마리에는 마구로
호화롭게 장식한 안장과,
할프데인의 아들이 검투에 참가할 때 타는
전투 좌석을 마련해 놓았도다.
살해와 도륙이 최악으로 벌어지는 곳 어디든   1040
그는 선두에서, 열심히 싸울 터이라.
그리고 잉의 후계자, 데인족 왕은
무기들과 말을 베오울프에게 하사하고
그것들을 잘 사용하라 당부했도다.
그리고 군주이자 보물 수여자이며 그들의 지도자는
관례적인 예의를 갖춰 베오울프에게 선물들을
하사했도다.
그들 각자 어찌나 예의바르게 서로 대했는지
공정한 증인이라면 알 수 있었도다.

다른 예아트족 무사들도 보상을 받는다.

군주는 다른 이들에게 보상하려 앞으로 나아갔노라.
베오울프와 배를 타고 위험을 무릅쓰고   1050
항해했던 이들은 각자 주연석에서
왕의 귀중한 소유물을 한껏 받았도다. 그리고 그렌델이
이미 잔혹하게 죽인 예아트인들에게 금의 값으로
보상도 주었도다.
사려 깊은 하느님과 한 사람의 용기가 저 운명을 막지

못했다면

놈이 더 많은 사람을 죽였을 터이니.

과거나 현재나, 신의 뜻이 통치할 것이로다.

그러므로 이해하고 겸손한 마음을 지니는 것이

항상 최상의 것이로다. 이 세속의 삶에서 여기

오래 남는 이 누구이든   1060

충분한 것 이상으로 즐기며 인내할지니.

                                        가객이 또 공연한다.

그런 다음 그들은 노래하고 연주하여 그 영웅이 즐겁도록
하고,

무사 왕을 위해 말과 음악으로,

하프를 연주하고 모험담을 노래했도다.

주연의 분위기는 고조되었고,

왕의 시인은 핀과 그 아들들에 관한 전설로

자신의 역할을 다했도다. 그는 데인족의 왕 흐네프가

죽음을 맞이한 프리시아 땅에서의

격렬한 전투에 관한 이야기를 펼쳐 보였도다.

> 프리시아 왕 핀과 결혼한 데인족의 공주 힐데부르는 핀의
> 연회장에서 있었던 싸움으로 아들(여기서는 이름은 나와
> 있지 않다.)과 오빠 흐네프를 잃었다.

힐데부르는   1070

        유트인들을 믿을

이유가 없었네.

아들과 형제,

둘을 다 잃었다네

전쟁터에서.

그녀는 절망했고

아무 죄도 없이, 그들은

운명에 따라, 스러져

창에 찔렸네. 그녀는

충격에 빠져,

슬픔에 사로잡혔네.

호크의 딸――

그녀가

어찌 운명을 한하지 않으랴

아침이 다가와 햇살이

살해된 사랑하는 사람들을

비추는데?

그렇게 지상의 기쁨과

작별하니,

데인족의 공격은 처절했으나 결정력이 없었다. 흐네프는 죽고, 헨게스트가 책임자가 되어 핀과 프리시아인들과 협상을 벌였다.

전쟁이 단 몇만 빼고는　　　　　　　　　　　　1080

핀족의 용사들을

앗아 갔네.

그러니 핀이 어떻게

전선을 유지하여

끝까지 싸울까,

헨게스트에 맞서?

어떻게 구하랴

저 적의 대장으로부터

자신의 무사들을?

그래서 다음과 같이

강화를 제의했으니, 첫째,

별도의 지역을

데인족에게 양도하고,

궁정과 왕좌를 프리시아인들과

공동으로 소유한다.

다음, 둘째로는

매일

선물을 나눠 줄 때

포크왈드의 아들, 핀은   1090

데인족들을 예우하여,

헨게스트와

그의 무사들에게

그가 궁정에서

사기를 진작시키고자

프리시아인들에게 준 것과

같은 중량으로

만든 금반지를

공평하게

　　　　　　　　　나누어 준다.

그러고는 양측이

　　　　　　　　　조약을 확정했네.

데인족 생존자들은 숙소를 제공받고 프리시아인 및 그
동맹인 유트족과 같은 대우를 받는다.

헨게스트에게

　　　　　　　　　핀은 공개적으로, 엄숙히,

맹세했다네.

　　　　　　　　　전쟁에서 살아남은 자들은

명예와 지위를

　　　　　　　　　보장받을 것임을.

말로도 행동으로도

　　　　　　　　　파기하거나
　　　　　　　　　　　　　　　　　　　1100
도전하는 것을

　　　　　　　　　허용치 않을 것임을.

결국

　　　　　　　　　그들의 보물 수여자가

죽어 사라져,

　　　　　　　　　그들은 지도자를 잃고

그를 살해한 자에게 강제로

　　　　　　　　　충성하게 되었으니.

그래서 프리시아인이

　　　　　　　　　얼핏

흥분하도록 자극하거나,

이 점에 대해 비웃으면

칼날이

상황을 조정할 것이로다.

시체들을 장작 위에 올려놓는다.

이어 화장용 장작더미가

마련되었고

반짝이는 금이

보물 창고에서 꺼내어졌네.

쉴딩족의

긍지였던 왕자는

1110

불길을 기다렸네.

사방에서

피에 전

갑옷들이 나왔네.

장작이 쌓였다네,

금으로 만들어진

수퇘지 문양의 투구들이

고귀한 데인족의

피투성이 시신들과 함께.

많은 사람들이 죽었다네.

그때 힐데부르는

자기 아들 시신이

흐네프의 화장더미와 함께

화장되도록 명령을 내렸고,

그의 뼈와 살들은

　　　　　삼촌 옆에서 타다닥 소리를 내며

불에 타올랐다네.

　　　　　그녀는 애통해하며

비가를 불렀고,

　　　　　그 무사는 높이 올려졌다네.

시신의 불꽃이
　　　　　　　　　　　　　　　1120

　　　　　빙빙 돌며 타올랐고,

그들은 봉분 주변에

　　　　　둘러서서 울부짖었는데

머리는 녹아내리고,

　　　　　딱지 앉은 상처가

터져 피가

　　　　　솟구쳐 흘렀다네.

불꽃이

　　　　　게걸스럽게 양측의

죽은 자들을 삼켰다네.

　　　　　그들의 전성기는 다했다네.

무사들은 핀란드 전역에

　　　　　집으로든 요새로든 흩어져,

지금은 거의 사라지고,

　　　　　친구를 잃은

상실감에 빠졌다네.

　　　　　헨게스트는 남아,

고향을 그리워하며 무기력하게

　　　　　분노에 차, 피에 얼룩진 겨울을

다 살아 냈다네.

데인족은 향수병에 걸리고 분노에 차서
망명 상태로 겨울을 보낸다.

고리 달린 뱃머리의 배 한 척 없어

바다로 나아갈 수도

멀리 갈 수도 없네.

바람과 물결은

폭풍우와 더불어 커지고,

파도와 돌멩이들은

얼음에 꼼짝도 못하였네,

또 한 해가

오늘날까지 늘 그러하듯

마당으로 다가올 때까지.

여전한 계절,

놀라운 빛이

우리에게 다가오네.

봄이 오다.

그렇게 겨울은 사라지고,

대지의 꺼풀은 점점 아름다워지니,

집으로 떠나기를 갈망하며

감옥 같은 망명지에서

깨어났네.

그러나 뭔가 더해서   1140

                              복수하려는

생각이 떠올랐다네.

                              그의 검은

유트인들을 맞이하려 안달이었네.

                              그래서 그는

훈라핑이, 그 검을,

                              유트인들이

잘 알고 있었던, 검중의 검,

                              검투의 빛을

그의 무릎 위에 놓았을 때

                              망설이지 않았다네.

데인족 무사들이 분쟁을 촉발시켜, 핀 왕이 살해되고 그의
성채는 약탈되며, 그의 아내 힐데부르는 덴마크로 이송된다.

피가 낭자하게 흩뿌려지고,

                              용맹스러운 핀은

자신의 집에서 살해되었다네

                              구트라프와 오스라프가

항해에서 돌아와

                              잔혹한 매복과

그들의 고통스러운 운명에 대해

                              오래된 비난을 한 이후

모두를 핀의 책임으로 돌렸네.   1150

그들 내면의 야만성은
틀림없이 넘쳐 흐를 것이었네.
궁궐은 적들의
피로 붉게 되었네.
핀은 살해되었고,
왕비는 사로잡혔으며
핀의 집 안에서
쉴딩족들이 찾아낸
모든 것들,
프리시아 왕의
황금 목걸이와 보석들은
배에 실려 갔다네.
그 후 바닷길 너머
데인족의 나라로
무사들이 저 여인을
데려가 백성들에게 넘겼다네.

시는 끝났고,
시인은 이야기를 마쳤도다. 기쁨의 속삭임이 연회장에서
일어나기 시작했고, 시종들은   1160
멋진 술잔에 와인을 따라 주었으며, 웨알테오우는 금관을
쓰고 두 선량한 남자들, 삼촌과 조카가 앉은 곳으로
다가갔도다. 이 두 남자는 여전히 서로를
신임했노라. 그리고 솔직한 운페르트는,
형제들을 죽였다는 의심을 받았지만,

그의 용맹스러운 마음으로 존경을 받았는데,
그도 왕 가까이 앉았도다.
　　　　　　　　　　왕비가 말했도다.
"나의 관대한 군주시여, 이 술잔을 받으소서.
술잔을 높이 들어, 예아트인들을
도리를 갖춰 부드럽게 대하시고, 그들에게 말 건네시고, 1170
관대하고, 즐겁고 다정하게 대하소서.
이들과 함께 있음을 즐기시되, 당신에게
쏟아졌던 선물들을 기억하소서.
헤오로트의 빛나는 궁전은 정결해졌고
당신은 이 무사를 아들로 삼으려 한다는
말이 있나이다. 그러니, 기꺼이,
풍요로움을 즐기시다, 죽기 전에
왕국과 백성을
친족에게 물려주소서. 저는 흐로툴프를 믿습니다.
그는 고귀하며, 어린 왕자들을 잘 대할 것입니다.　　　1180
그가 당신을 실망시키지는 않을 것입니다. 당신이 그보다
먼저 죽게 되더라도,
그는 우리 아이들을 진실하고 공정하게 대할 것입니다.
분명히 그는 우리 아이들을 진심으로 잘 대할 것입니다.
확신컨대 그는 어린 시절 우리가 그에게 해 준
모든 선한 일들, 호의와 존중을 기억하여
우리 두 아들을 존중하고, 친절로 은혜를 갚을 것입니다."

그녀는 두 아들, 흐레트릭과 흐로트문드가
다른 귀족들의 아들 등 다른 젊은이들과 앉아 있는

자리로 돌아갔도다. 저 훌륭한 남자,
예아트인 베오울프는 그들 사이에 앉아 있었노라.   1190

> 목걸이를 비롯한 선물이 수여된다. 베오울프는 의당 그것을
> 휘엘락 왕에게 전할 것이며, 왕은 그 목걸이를 차고 죽음을
> 맞이할 것이다.

술잔이 그에게 건네졌고, 호의적인
환영의 말들, 그리고 금으로 된 것들이
그에게 아낌없이 전해졌도다. 두 개의 팔찌,
갑옷과 반지들, 그리고 내가
이 지상에서 들은 것들 중
가장 눈부시게 반짝이는 금 목걸이들이었노라.
하마*가 브로싱의 목걸이를 훔쳐 그것에 박혀 있던
보석들과 함께 에오르멘릭의 교활함과 증오를 피해
자신의 빛나는 성으로 가져갔던,
그럼으로써 영원한 보상을   1200
확고히했던 보석 이후 그러한 보석은 없었도다.
스웨르팅의 손자인 예아트인 휘엘락은,
그 마지막 출정에 이 목걸이를 걸었도다.
그는 군기 아래 보물들을 보호하고,
전리품을 지켰도다. 그의 자만심으로

---

* 하마(Hama)와 브로싱(Brosing): 고대 아이슬란드 신화에 등장하는
인물들. 브로싱 형제들은 여신 프레이야에게 목걸이를 만들어 바쳤는데, 이
목걸이는 나중에 오르멘릭 왕이 소유한다. 그런데 하마는 이 목걸이를 훔쳐
그의 노여움을 사게 된다.

프리시아인들과의 반목을 자극하여,
운명이 그를 앗아 갔도다. 그는 넘실대는 파도 통을 건널 때
왕으로서 무장하던 것과 같은 보석 장식을 한,
자신의 방패 아래 스러졌도다.
그렇게 왕은 죽어 프랑크인들의 수중에 넘어갔도다.   1210
그들은 그의 갑옷과 목걸이를 취했고,
하급 무사들은 학살을 끝냈을 때
시체를 약탈했도다. 예아트인들의 시체가
들판을 뒤덮었노라.

                         박수 소리가 연회장을
채웠도다.
   그때 웨알테오우가 군중 앞에 나와 다음과 같이
선언했도다.
   "친애하는 베오울프여, 이 목걸이를
행운의 의미로 기쁘게 받으시고, 우리 백성들의 보물인
이 갑옷을 사용해 주시오. 그래서 번창하기를 바라오!
그대의 힘을 드러내, 이 두 소년을   1220
친절히 지도해 주시오. 그러면 당신에게 확실히
보답하리다.
   그대는 명성을 얻었소. 그대는 널리 모든 사람들에게
지금 그리고 영원히 알려져 있소.
당신의 족적은 절벽을 에워싼 바다만큼,
바람의 집만큼 드넓다오. 그러니, 나의 왕자여,
평생 행운과 축복이 함께하여 그대가 이 보물을 아끼기
바라오.

나의 아들들이 강하고 친절한 이가 되도록
애정 어린 관심으로 보살펴 주시오.
이곳에서는 모든 동료들이 서로 진실하며,
군주에게는 충성스럽고, 영혼으로 사랑한다오.
신하들은 같은 목적을 지니고 있고, 백성은 준비되어
있다오.   1230
술을 마시고 축배를 든 병사들은 내가 명하는 대로
따른다오."

헤오로트에서의 취침 시간

왕비는 자신의 자리로 돌아갔도다. 사람들은 그 귀한
연회에서 술을 마시고 있었도다. 그러나 운명을 어찌
알겠는가,
음울한 사태가 다가오고 있었나니.
밤이 깊어 가면서 많은 고관들에게 위험한 일이
슬며시 다가오고 있었도다. 흐로트가르 왕은
자신의 처소로 물러날 준비를 했도다. 많은 무사들이
이전에 종종 그랬던 것처럼 경비를 섰도다.
의자들을 뒤로 밀치고, 바닥에 잠자리를 마련하고
베개를 놓았으니, 이미 죽음의 길을 떠날   1240
사람이 누워 휴식을 취했도다.
그들 머리맡에는 윤이 나는 전투용 나무 방패가
놓여 있었도다. 머리맡 의자 위
손 닿을 곳에 각자 무기를 놓아두었도다.
높다란 투구, 쇠사슬 갑옷,

71

그리고 커다란 날을 단 창 등이었도다. 전투에
대비하는 것은 그들에게는 늘 어디서나,
집에서나 전쟁터에서나, 군주를 위해
싸울 필요가 있는 어떤 경우든
어느 때든 하는 일이었도다.   1250

                       밤에 또 다른 위협이 도사리고 있다.

그들은 잠에 빠져들었노라. 그리고 누군가는
편안한 밤을 보낸 대가를 크게 치렀나니, 그렌델이
황금 연회장을 점령하여, 악행을 저지르고
죄를 저지른 후 종말이 다가와 죽음을
맞이한 이래 종종 일어났던 일이었노라. 싸움이 끝나도,
복수하려는 자가 여전히 살아
음험하게 숨어 때를 노린다는 것이
명백해졌고 모든 사람들에게 알려졌도다. 그렌델의 어미,
끔찍스러운 지옥의 신부는 자신의 불행을 곱씹었도다.
카인이 아버지의 아들인 자기 형제를   1260
칼로 찔러 죽인 이후,
그녀는 차갑고 깊은
무서운 물속으로 쫓겨났도다. 무법자로,
살인자로 낙인 찍혀 그는 황야로 도망쳐,
친구들과 기쁨을 피해 다녔나니. 카인에게서
사생아 같은 영령들이 튀어나왔으니, 그중 하나가 그렌델,
소외되고 저주받아, 결국 헤오로트에서 전투를 기다리며
저 지켜보던 자와 맞붙었도다.

괴물은 확 비틀며 그와 육탄전을 벌였으나
베오울프는 자신의 강한 힘이   1270
하느님이 그에게 내리신 놀라운 선물임을 알고 있었도다.
그는 모든 이의 주이신 하느님의 도움,
관심과 사랑에 의지하였도다. 그래서 그는 적을 이기고,
지옥의 악마를 때려눕혔도다. 인류의 적인 놈은
깨지고 굴복하여, 모든 다정함에서 쫓겨나는 신세가 되어
죽음의 소굴로 떠났도다. 그런데 지금 그의 어미는
슬픔에 찢겨 죽을 지경으로, 복수하려는 절실함에
흉포한 여정을 나섰도다.

그렌델의 어미가 공격한다.

그녀가 헤오로트에 왔도다. 거기, 연회장 안에는,
덴마크인들이 잠들어 있었도다. 그들은   1280
그렌델의 어미가 일단 공격하며 들어왔을 때
완전히 처지가 역전될 호족들. 그녀의 공격은
약했으니, 무거운 칼을 들고,
망치로 벼린 칼끝과 반짝이는 피투성이 칼날로
단단한 수퇘지 문양을 투구에서
날려버릴 때, 무장한 남성보다
아마존 전사의 힘이 약한 정도로나 약했도다.
그때 그녀는 연회장 안, 의자 위에 두었던
날카로운 칼들을 손에 잡고, 커다란 방패들을
들어 올렸도다. 무사들은 잠에서 깨어났을 때
겁에 질려   1290

73

투구나 쇠사슬로 만든 갑옷에 대해 생각도 못 했도다.

지옥 괴물은 발각된 순간
심한 공포에 휩싸여, 절망적으로, 도망치려 했도다.
그녀는 호족들 중 한 명을 붙잡아,
주먹으로 내리치며 꽉 움켜잡고 늪지로 데려갔도다.
흐로트가르에게 이 사람은 두 바다 사이에서
가장 신임하는 고관들 중 가장 총애하는 무사였도다.
그녀가 이 위대한 무사와 함께 사라져,
휴식을 취하던 그를 살해한 것이었도다.
                                    베오울프는 다른 곳에
있었도다. 앞서 보물을 받은 후,   1300
에아트인은 다른 숙소를 받았도다.
헤오로트에서는 난리가 났도다. 그녀는 그들의 전리품,
그렌델의 피투성이 손을 빼앗아 갔도다. 이것은
궁에 대한 새로운 공격이었노라. 양쪽 모두
친구들의 생명으로 값해야 하는
어려운 일이었도다. 나이 든 왕,
백발의 무사는 그 소식을 듣고,
가슴이 찢어지고 힘이 빠졌도다. 최고 지위의 조언자이자,
가장 총애하는 친구가 죽었다니.

베오울프가 소환된다.

베오울프가 곧 궁전으로 불려 왔도다.   1310
승전의 대 무사는 동료 군사들과 함께

74

먼저 갔도다. 왕이 자신의 불운의 물결을
전지전능한 하느님께서 되돌리실지 여전히 궁금해하면서
지혜롭게 기다리는 곳으로.
베오울프는 수행 무사들과 함께
마룻바닥을 쿵쿵 걸어 방으로 들어가,
서둘러 잉윈*의 군주에게
갑자기 불려 와 놀란 채 밤새
안녕하셨는지 인사를 여쭈었도다.   1320

호로트가르 왕은 신하의 죽음을 슬퍼한다. 그는 그렌델의
어미가 아들의 죽음에 복수할 것이라고 확언한다.

그러자 덴마크인들의 보호자, 호로트가르가 말했도다.
"안녕이라고? 안녕이 무엇인고? 슬픔이 다시 찾아왔소.
불쌍한지고, 덴마크인들! 에시에레가 죽었소.
그는 이르멘라프의 형이고,
나에게는 영혼의 친구이자, 진실한 스승이며,
전투에서 군대가 부딪혀 우리의
수퇘지 문양들이 깨져 나갈 때
내 오른팔이었소. 에시에레는 세상 사람들이
현명한 사람과 친구로 숭배하는 모든 것을 지녔다오.
그 방랑객 살인마가 분노하며 헤오로트에 나타나   1330
그를 죽였다오. 그녀가 어디에 숨어
시체를 맛보며 의기양양 도망치고 있는지

* 잉윈(Ingwin): 아름다움과 풍요로움의 신. 보통은 하느님의 친구로 알려져
있다.

나는 모르겠소. 그렌델이 너무나 오래
우리를 약탈하여 공포에 몰아넣었기 때문에
그대가 그렌델을 붙잡아 파멸의 싸움 끝에
그를 죽였던 지난밤 일로 인해
그녀는 적개심을 갖게 된 것이오. 그는 전투에서 죽었고,
자신의 생명으로 대가를 치른 것이오. 그런데 지금
이 강한 자가 나타나, 제 혈육의 죽음에
복수하려 악의 힘을 몰아붙이고 있소.   1340
아낌없이 베푼 손길이 죽음으로 인해 정지된 지금,
모든 호족들은 보물 수여자를 잃은 것을 견디며
슬픔과 애통함 속에 잠겨 있다오.

                          괴물에 대한 백성들의 이야기

이 연회장의 사람들, 고지대에 살고 있는
조언자들 모두
황무지를 어슬렁거리는 두 방랑자,
다른 세상에서 온 거대한 약탈자를
보았다고 전했소. 이들 중 하나는
분별할 수 있는 사람 누구에게든,   1350
여자처럼 보이고, 다른 하나는
남자 형상으로 뒤틀려, 어느 남자보다도 더 큰 모습으로,
안개 너머로 돌아다니는데, 이전부터 이 지역 사람들에게는
이상한 출생의
그렌델로 알려져 있소. 둘 모두 아비 없이 태어나
선조 모두 악마와 유령의 역사에서

숨겨진 존재들이오. 그들은
언덕 위 늑대들 사이, 바람 센 바위들과
죽음의 늪지대에 각자 살고 있소. 그런 곳은
차가운 물이 산 위로 흩뿌리다   1360
안개와 황무지 아래로 사라지는 곳이오.

유령이 출몰하는 호수

여기서 조금 떨어진 곳에
서리를 입어 딱딱해진 나무들이 가만히 서서
황무지 위를 지켜보고 있소. 그 위 강둑은
나무뿌리들이 호수에 비추이는 경이로운 곳이오.
밤이면 그곳에서 으스스한 일이 일어나오.
물이 불타오른다오. 그리고 바닥은
사람의 후예로서는 누구도 재어 본 적 없소.
강둑 위에서, 황무지를 걷는 자는 멈춰 선다오.
사냥개에 쫓겨 도망치는 수사슴은 그 호수 아래로
몸을 던지기보다 차라리 몸을 돌려   1370
단단한 뿔로 나무들을 받아 치며
그 사이에서 죽을 것이오. 그곳은 기분 좋은 곳이
아니라오.
바람이 불어 대고 폭풍우에
구름은 치달으며 하늘이 윙윙 우는 소리를 낼 때,
깊은 곳에서 더러운 파도가
하늘을 향해 치솟고 있소. 지금은 그대에게
오로지 그대에게만 도움을 바랄 뿐이오.

악마가 기다리는 곳의 위험의 틈새를
여전히 그대는 알지 못하오. 용기를 내어 알아봐 주시오.
지난번 내가 금으로 주조한 재물로   1380
아낌없이 풍요롭게 보상했듯, 그대가 귀환한다면,
숙원을 해결한 그대에게 보상하겠소."

베오울프는 호로트가르 왕의 용기를 북돋는다. 그는 삶을
이끌어 온 영웅의 자세를 천명한다.

에키테오우의 아들, 베오울프가 대답했다.
"현명한 왕이시여, 걱정하지 마소서. 슬픔에 잠기기보다
사랑하는 사람의 복수를 행하는 것이 항상 더 좋은
법입니다.
우리 각자 이 세상에 살고 있다는 것은
우리의 끝을 기다린다는 것을 의미합니다. 누구든 할 수
있다면
죽기 전 영광을 얻도록 합시다. 무사가 죽을 때,
그것은 그의 최선이자 유일한 지지대입니다.
그러니, 나의 왕이시여, 일어서서, 이 추악한 놈의   1390
흔적을 찾아 나서야 합니다.
당신께 약속합니다. 그 괴물은 빠져나가지 못할 것입니다.
땅속 동굴이나 언덕 숲속,
깊은 바다 어디로도. 괴물에게는 도망칠 어떤 곳도
없습니다.
지금 이 곤경을 견디시옵소서. 참아 내어
제가 당신에게 기대하는 장부가 되소서."

그 말에 나이 든 왕은 제 발로 벌떡 일어서서
베오울프의 맹세에 하느님을 찬양했도다.
이윽고 재갈 물리고 고삐를 맨, 갈기 많은
말이 들어왔도다. 현명한 왕은 자신의 말에 올라타   1400
방패를 든 무사들과 함께
위엄 있게 나아갔도다. 숲속의 길에는
온통 괴물의 발자국이 나 있었고,
저 고관, 흐로트가르의 가장 훌륭한 조언자,
그 나라 수호자의 몸을 끌고,
어두운 황무지를 가로지른 흔적이
땅 어디든 나 있었도다.
그래서 고귀한 왕은 겁 없이
언덕과 자갈길을 오르고, 그들이 한 줄로
가야만 하는 좁은 길과 통로를, 수중 괴물들의   1410
서식지 너머 절벽 위 바위 턱으로 나아갔도다.
그는 그곳 땅 상태를 잘 아는 판관들인
소수의 무사들과 함께 선두로 가,
불현듯 보았도다, 음침한 숲과
회색 바위 위 비스듬히 자라고 있는
나무들을. 그 아래로
핏물이 솟구쳤도다. 절벽 아래에서
그들이 에시에레의 머리를 발견했을 때
실로 쉴딩족의 친구인 덴마크인 모두에게

슬픔이 엄습하였고, 고귀한 무리들 저마다   1420
모두에게 아픔이었도다.

뜨거운 핏덩이가 들끓어 오르는 것을
모두 지켜보았고 선전 포고의 나팔 소리가
다급히 계속 울려 퍼졌도다. 모두 앉아
내려다보았도다. 호수에는 온갖 파충류가
우글거리고 있었도다. 절벽 기슭에는 바다 용과 괴물들이
꿈틀거리며 기어 다녔고,
뱀들과 야생 파충류들은
새벽이면 종종 호수 위 뱃길에서 떠다니며
항해를 위험하게 했도다. 그들은, 커다란   1430
나팔 소리에 응하여, 칼을 휘두르며 격분에 차
뛰어들었도다. 예아트인 대장이 쏜 화살이
호숫가로 나오던 한 마리를
쏘았도다. 잘 벼려진 화살은
그 옆구리 깊이 박혔고, 물속에서 자유롭던
움직임은 차츰 사라졌도다. 그러고는 그것이 마지막
움직임이었도다.
무사들은 그것을 얕은 곳에서 재빨리 잡아,
날카로운 멧돼지 모양의 창으로
때리고 찔러, 강둑으로 끌어 올렸는데,
호수에서 태어난 기이하고, 혐오스러운 것을   1440
사람들은 놀란 눈으로 바라보았도다.

베오울프는 수면 아래에서 싸울 태세를 갖춘다.

베오울프는 무장하고,
죽음에 무심히, 준비를 마쳤도다.
그의 강력한, 손으로 정교하게 맞춘
갑옷은 곧 수면 아래에서 악을 대면할 것이었도다.
그것은 그의 몸 뼈대를 안전하게 지켜 줄 것이었도다.
적의 손아귀가 그것을 입고 있는 그를 으스러뜨리지 못할
것이며,
어떤 악한 팔로 조여도 그의 생명을 앗아 가지 못할
것이었도다.
머리를 보호하기 위해, 그는 분명 호수 바닥에서
진흙투성이가 되고
솟구치는 소용돌이 속에 흐릿해질
빛나는 투구를 머리에 썼도다. 그 투구는 오래전   1450
무기 장인이 금을 두들겨 둥근 고리를 달고,
야생 수퇘지 모양의 장식을 단 경이로운 것으로
왕에게 어울리는 무기였도다.
그것은 늘 모든 검을 막아 냈도다.
그리고 운페르트가 빌려준 다른 것도
필요한 때에 적지 않게 중요했도다.
재판관*은 그에게 손잡이가 달린 무기,
흐룬팅이라는 이름의 희귀하고 오래된 검을 넘겨주었도다.
불길한 문양이 있는 쇠로 된 칼날은
피로 담금질되었도다. 전쟁에서 그것을 손에 들어   1460

---

* 재판관(brehon): 운페르트를 가리키는 말로서, 히니 특유의 번역으로
보인다.

싸움을 한 자도, 위험한 순간
최악의 상황에 직면한 자도
그것은 저버린 적 없었도다. 그 칼이
영웅적인 무공을 행하라 부름받기가 이번이 처음은
아니었도다.

에킬라프의 강건한 아들, 운페르트는 그 검을
더 훌륭한 무사에게 빌려주었을 때,
술에 취해 횡설수설 말했던 것을
거의 기억할 수 없었도다. 그는 수면 아래에서
벌이는 전투를 감내하고 목숨 잃을 위험을
감수할 만한 사람이 아니었도다. 그런 점에서 그는   1470
명성과 영예를 잃었노라. 다른 이는 무장하고, 전투를
준비하여, 그와는 달랐도다.

베오울프가 떠난다.

에키테오우의 아들, 베오울프가 말했도다.
"왕 중의 왕, 가장 현명하신 왕이시여, 이제 저는 행동할
시점에 와 있습니다. 그래서 저는 당신에게
우리가 이전에 말한 바를 상기하시라 요청드립니다.
할프데인의 아들이시자
보물을 하사하시는 당신께서는, 만약 제가 당신의
대의명분에 봉사하다
스러져 죽음을 맞게 되면,
이후 아버지처럼 행동하실 거라 하셨습니다.

만약 이 싸움으로 제가 죽는다면, 제 젊은   1480
무사들과 무장한 제 동지들을 보살펴 주소서.
나의 존경하는 흐로트가르 왕이시여, 제가 받은 보물을
휘엘락에게 꼭 전해 주소서.
그래서 예아트족의 왕이, 흐레텔의 아들이
저 금을 보시고, 제가 드물게 마음 넉넉한
보물 수여자를 만나 그의 관대한 마음을
누렸음을 알게 해 주소서.
또한 운페르트도 제 유산을 받을 것입니다.
저 널리 명성 있는 사람에게 저는 잘 벼려지고
물결 문양 빛나는 저의 놀라운 검을 물려주겠습니다.   1490
저는 흐룬팅과 함께 영광을 얻든지 아니면 죽을
것입니다."

이렇게 말한 후 웨아테르의 예아트인들의 공자는
서둘러 호수로 떠나갔도다.
그러고는 더 이상 지체하지 않고, 격랑이 일렁이는
호수 바닥으로 뛰어들었도다. 그것은 그가 단단한 호수
바닥을 볼 수 있기 전에,
하루 중 가장 잘한 일이었도다.

베오울프가 그렌델의 어미에 잠긴다.

저 호수에 출몰했던 자,
일백 번의 계절 동안 먹을 것을 뒤져 찾아 먹었던 자는,
어떤 인간이 위에서

자신의 기이한 소굴을 찾고 있음을 금세 알아차렸도다. 1500
그래서 그녀는 돌진하여 괴력의 악력으로
그를 움켜잡아 꽉 붙잡으려 했도다. 그러나 그의 몸은,
그것으로, 상처 입지 않았도다. 쇠사슬로 된 전투복이
외부로부터 그를 보호했도다. 그녀의 끔찍스러운 발톱은
그의 전투복의 사슬을 꿰뚫지 못했도다.
그러자 그녀는 바닥을 한 번 치고는,
갑옷 입은 공자를 자신의 소굴로 끌고 가니,
공자는 용맹스러웠음에도, 가져온 무기들을
전혀 사용할 수 없었도다. 혼란스럽게 많은 무리가
깊은 곳에서 그에게 다가왔으니, 바닷짐승들이 1510
송곳니로 그를 공격하고 끔찍스럽게 맹공격하면서
갑옷을 찢었도다. 그 용감한 사람은 자신이
지옥같이 빙빙 도는 구덩이 안에 있음을,
지붕이 물결의 흐름을 막고 있어
물결이 자신에게 거스르지
않음을 알았도다. 그때 그는 불꽃을,
환하게 타오르는, 밝은 불빛을 보았도다.

그가 검을 휘두르나 손상을 입히지 못한다.

그 영웅은 지옥에서 온 그 늪의 것,
무서운 힘을 지닌 끔찍한 노파를 보았고,
그래서 전쟁의 검을 들어 팔을 휘둘렀도다. 1520
장식된 칼날이 소리 내며 노래하는 듯
그녀의 머리 위로 내려왔도다. 그러나 그는 곧

자신의 전투 횃불이 다 사그라져 버렸음을 알았도다.
빛나는 칼날은
베기를 거부한 것이었도다. 칼날은 그녀를 비켜 갔고,
곤경에 처한 그는 실패했도다. 그 칼은 아주 많은
육탄전을 치렀고, 죽을 운명에 처한 자들의 무기와
투구를 베었지만, 이번에는 결국
그 훌륭한 가보의 힘을 발휘하지 못했도다.

베오울프는 맨손으로 다시 싸운다.

휘엘락의 친족은 자신의 이름과 명성을
계속 생각했도다. 그는 결코 낙담하지 않았도다.   1530
그래서 그는 맹렬히 칼을 휘둘렀도다.
날카롭고, 벌레처럼 둥그런 문양이 새겨진 쇠칼이
바닥으로 내리꽂혔도다. 그는 자신의 팔 힘에
의지해야 했도다. 전투에서 영원한 영광을
성취하려는 사람은
그래야만 하나니. 생각에 목숨을 거는 것이 아니로다.
전쟁 중 예아트족 공자는, 그렌델 어미와의
사투에 열을 내어, 그녀의 어깨를 붙잡고,
전투의 흥분에 휩싸였도다.
그는 그 도살자를 바닥에 내던졌으나   1540
그녀가 다시 일어나 반격을 가해,
단호하게 부둥켜안고 그를 꽉 잡았도다.
단단히 발을 딛고 있던 무사는 겁을 먹은 듯,
무사들 중 가장 강한 무사가 비틀거리다 쓰러졌도다.

그러자 그녀가 그를 내려치고, 넓적하고 번들거리는 칼을
꺼내 들었도다. 이제 그녀는 유일한 아이에 대한 복수를
할 참이었도다. 그러나 베오울프 어깨 위의
쇠사슬 갑옷이 그의 목숨을 보호하여,
칼끝과 칼날을 돌려 버렸도다.
그의 강력한 장비들이 그를 구하는 데   1550
도움을 주지 않았다면, 에키테오우의 아들은
분명 소멸하고, 예아트인들은 넓은 땅 아래로
무사를 잃어버렸을 것이로다. 성스러운 하느님이
승리를 결정하셨도다. 베오울프가 다시 제 발로 딛고 서게
하여
균형을 잡는 일은
하느님, 천국의 지배자로서는 쉬운 일이었나니.

                            베오울프는 강력한 검을 발견하여 적을 벤다.

그때 그는 좋은 징조의,
그녀의 무기고에 있는 검, 거인들 시절부터 내려온
오래된 가보, 이상적인 무기,
무사들이 부러워하지만,   1560
너무 크고 무거워,
오직 베오울프만 전투에서 사용할 수 있는 검을 보았도다.
그래서 쉴딩족의 영웅은, 결연히 화를 돋우어,
칼자루를 단단히 잡고, 칼날을 둥글게
휘둘렀도다. 그것은 그녀의 목뼈 깊이 박히는
회심의 일격이었고, 그것을 완전히 잘라 내,

죽을 운명의 그녀 몸뚱이의
집을 무너뜨렸도다. 그녀는 바닥으로 쓰러졌도다.
칼에서는 피가 뚝뚝 떨어졌고, 무사는 의기양양했노라.

그는 나아가 그렌델의 사체에서 머리를 자른다.

빛이 나타나 하늘의 촛불이 투명하게   1570
반짝일 때 하늘이 그러하듯
그곳이 밝게 빛났도다. 그는 천장을 자세히 살폈도다.
보호하고 위협하느라 칼을 높이 들어 그 손잡이를
치켜들고, 휘엘락의 무사는 벽을 따라
그렌델의 흔적을 자세히 정찰했도다.
이제 무기가 그 가치를 드러냈도다.
무사는 그렌델이 저지른 잔혹한 모든 것들에,
그가 잠자는 무사들에게 다가와,
의자 위에서 놀란 호로트가르의 경비병 열다섯 명을
잔혹하게 해치워 학살했던   1580
한 가지 경우뿐 아니라,
여러 번 납치하고 치명적인 공격을 가했던
경우에 대해서도 복수하리라 결연히
다짐했도다. 베오울프는 격분하여
보복했도다. 그는 그 괴물이 휴식하고 있는 곳에서
그 모습을, 싸움에 지치고,
망가진, 생명 없는 시체,
헤오로트에서 벌어진 전투의 피해자를 보았도다. 그 몸은
죽은 후 가해진 일격에 입을 벌렸도다.

베오울프는 시체에서 머리를 잘랐도다.   1590

흐로트가르와 함께
호수를 지켜보던 원로들은 곧
파도치며 솟구쳐 오르는 호수 물이
피로 물들어 있는 것을 보았도다. 그들은 백발을 숙여,
현자의 태도로, 그 훌륭한 무사에 대해 경험한 바를,
그가 승리하여 왕에게 돌아올 것이라고는
전혀 기대하지 않았다는 식의
이야기를 나누었도다. 깊은 곳에 있는 괴물 늑대가
그를 영원히 파멸시켰다고 그들은 확신했도다.

칼날이 녹아 버린다.

이윽고 9시가 되어,   1600
용맹스러운 데인족 사람들은 호수 기슭을 떠났고
왕 역시 궁으로 돌아갔도다. 그러나 이방인들은
가슴 아파하며, 호수를 지켜보았도다.
그들은, 기약도 없이 그들의 대장,
베오울프를 보리라 기원했도다.
                         그동안, 칼은
힘을 잃고 피의 고드름이 되어, 피범벅이 된 채
녹기 시작했도다. 그것은 놀라운 일이니,
얼음이 녹을 때처럼 모든 것이 녹았나니,

그때 아버지 하느님께서 서리의 족쇄를 벗기시고
물의 밧줄들을 풀어내시도다. 시간과 물결 위로   1610
힘을 행하시는 하느님. 그가 진정한 왕이시라.

베오울프는 검의 손잡이와 그렌델의 머리를 들고 돌아온다.

예아트인 대장은 그 구역에서
많은 보석을 보았으나 보석으로 장식한
칼자루와 머리 외에는
아무것도 가져오지 않았도다. 그 칼날이 녹아 버리고
그 물결 문양은 불에 타 버렸으니, 그곳에서 소멸한
독한 적의 피는 데일 정도로 뜨거웠도다.
그는 적의 죽음에서 살아나,
헤엄쳐 수면 위로 돌아왔도다.
방랑하는 적이 제 생명을 다하고   1620
덧없는 세상을 마친 이상 드넓은 물은
더 이상 더럽혀지지 않았도다.
항해자들의 지도자는, 결연히 헤엄쳐,
땅으로 돌아와, 포상과, 그가 수면 위로 가져온
무거운 짐에 기뻐했도다.
그의 가신들이 무리 지어 그에게로 다가가,
하느님께 감사드리며 자신들의 지도자가
안전하고 건강하게 돌아온 것을 보고 크게 기뻐했도다.
곧 그의 투구와 갑옷이 풀리고 벗겨졌도다.
호수는 잠잠해졌고, 피에 물든   1630
바닥 위로 구름이 짙어졌도다.

그들은 매우 기쁜 마음으로 오솔길과
들판을 지나 그들이 알고 있는 길들을
따라 나아갔도다. 그들이 저마다
호수 절벽에서 가져온 머리를 낑낑대며
운반하니, 모두 용기 있게 어려운 일을 수행하는
대단한 자들이었도다. 그렌델의 머리를 창 꼬챙이에 끼워
빛나는 연회장으로 무겁게 나르는 일이
네 명에게 맡겨졌도다.
열네 명의 예아트인들은 곧 연회장 가까이 와서,   1640
보무도 당당하게,
대장을 둘러싸고 행복한 무리를 이루며,
연회장 주변을 가로질러 걸어갔도다.

그는 그렌델의 머리를 헤오로트에 전시한다.

무사들의 지도자이며, 대장 무사인 그가,
들어와, 흐로트가르에게 말하였도다.
그의 용기 증명되었고, 그의 영광 분명하였도다.
그는 그렌델의 머리카락을 잡고,
사람들이 술 마시고 있는 곳으로 질질 끌고 가니,
왕비와 무리들이 보고 질겁했도다.
그들은 경이로운 듯 가만히 바라보았도다. 그것은 놀라운
광경이었도다.   1650

베오울프는 싸움에 대해 간략히 설명한다.

90

에키테오우의 아들, 베오울프가 말했도다.
"자, 할프데인의 아들이며, 예아트인들의 군주시여,
저희는 이 노획물을 호수에서 가져와 기쁩니다.
이것은 전승의 증거이니 당신께 바칩니다.
저는 수중 싸움에서 겨우 살아 나왔습니다.
어려운 싸움이었고, 나쁘게 될 수도 있을
힘겨운 일이었습니다. 하느님께서 도와주시지 않았다면,
결과는 빨리 악화되었을 것입니다.
흐룬팅은 단단한 날의 칼이지만,
그것을 전투에서 전혀 쓸 수 없었습니다.   1660
그러나 인류의 주님께서 가끔 친구 없는 저를
도와주시니, 벽에 걸려 빛나는 칼,
거인들을 향해 휘두르도록 마련하신
칼을 보게 하셨습니다.
그래서 기회가 오자 저는
동굴에 거하는 자들을 내려쳤습니다. 그다음
물결 무늬 칼날은 녹아 버렸습니다. 그것은 솟구치는 피에
부풀어 오르더니 불타 버렸습니다. 저는 적의 손아귀에서
칼자루를 빼앗아 그가 덴마크인에게 행한 악에
복수했습니다. 그것은 당연한 일입니다.   1670
그래서 쉴딩족의 군주시여, 제가 맹세합니다,
당신은 헤오로트 궁전에서 병사들과 함께
안전하게 주무실 수 있다고. 당신의 부족이나 백성들 중
단 한 명도, 젊은 병사이든 늙은 병사이든,
이제 목숨을 잃을까 두려워할 필요가 없습니다,

당신과 당신 백성들이 예전에 감내했던 것이지만요."

베오울프는 검의 손잡이를 흐로트가르 왕에게 바친다.

그런 후 오래전부터 덕망 있는 통치자에게
내려온 유물인, 황금 칼자루는 나이 든 군주에게
넘겨졌도다. 그 희귀한 수공품은
저 악마들이 죽은 후 덴마크인의 수장에게   1680
전해졌도다. 저 살해의, 죄에 물든,
하느님의 저주를 받은 적이 죽음으로
그 불경스러운 생명을 다하고,
그 어미의 생명까지 끝장난 후, 그것은 아낌없이 보물을 나눠 주는
북쪽 모든 왕들 중에서도 두 대양 사이
가장 훌륭한 왕으로 여겨지던 바로 저 왕에게
넘겨졌도다.

흐로트가르가 말했노라. 그는 오랜 세월의 유물인,
칼자루를 자세히 살폈도다. 거기엔 온통 문양이 새겨져 있어,
세상에 전쟁이 처음 어떻게 일어났는지,   1689
홍수가 거인들 부족을 어떻게 파멸시켰는지 보여 주었도다.
그들은 끔찍하게도 하느님을 멀리하여 고통을 겪었도다.
그래서 전지전능한 하느님께서 물을 일으켜,
그들을 벌하여 홍수로 가라앉게 하였도다.
칼자루 위에는 순금으로

룬 문자가 정확하게 새겨져 있어,
그 칼이 처음 누구를 위해 만들어져
손잡이에 구불거리는 장식이 새겨졌는지를
기록해 전하고 있었도다. 그리고 할프데인의 아들이
지혜를 말하자 모두 조용히 귀 기울였도다.

호로트가르 왕이 베오울프에게 연설한다.

"진리와 정의를 지키고 전통을 중시하기로 맹세한   1700
백성의 보호자가 이 사람이 특별한 태생임을
인정하노라. 나의 친구, 베오울프여,
그대의 명성은 먼 곳까지 널리 퍼졌으니,
그대는 사방에 알려져 있소. 그대는 모든 일에
한결같고, 겸손하고 단호하오. 그래서 나는 우리가
이전에 교류했던 우정의 약속을
확실하게 지킬 것이오. 그대는 영원히
그대 백성의 지주이고 무사들의 조력자가
될 것이오.

그는 베오울프를 헤레모드 왕과 대조한다.

　　　　헤레모드는 에키왈라의
후손들에게 행동하는 방식이 달랐소.   1710
　그는 세상에 나와 덴마크 사람들에게
　그저 죽음과 파괴만 가져왔소, 기쁨이 되지는 않았소.
　그는 같이 술 마신 사람들과

93

동료들에게 화풀이했소. 결국 그는 자신의
부족으로부터 고립을 자초한 악명 높은 왕이 되었소.
전지전능하신 하느님께서 그에게
명예와 권세를 허락하시고 애초부터
행복한 삶을 살게 하셨는데도 말이오. 그런데 어떠한
변화로
그는 점점 피에 굶주리고, 데인족에게
명예로운 보물도 내리지 않았소. 결국 그는   1720
너무나 오랫동안 백성을 괴롭혔소.
그의 인생에서 행복을 잃어버린 셈이오.

　　　　　　　　　　권력의 위험성에 대한 흐로트가르 왕의 말

　　　　　　　　그러니 이것으로부터
진정한 가치를 배우고 이해하시오. 당신에게 이 말을
전하는 나는 이제 생의 겨울에 접어들어 슬기로워졌소.
　　　　　　　놀랍게도 전지전능하신
하느님께서
지위와 대지, 그리고 지혜의 선물을
우리 부족에게 그지없이 베푸시니. 그의 마음은 드넓다오.
가끔 하느님께서는 명문가 태생 사람의 정신이
그 성향을 따르게 하시고, 그에게 성취와, 지상에서의
행복과,
성을 주셔서 자기 나라에서 지휘하게 하신다오.   1730
하느님은 그에게 넓은 땅을 다스리게 하시나,
결국 그는 사려 없이

끝이 있을 것임을 망각하게 되는구나.

그는 욕망에 탐닉하오. 병과 늙음 따위에

아무 의미도 두지 않소. 그의 정신은

질투나 해악, 증오에 벼린 칼을 든

적들에 대한 생각으로 곤란해지지 않는다오. 온 세상이

그의 뜻에 따르고, 그는 최악의 것을 알지 못했소.

자만의 악령이 들어와 그를 조종하니,

영혼을 지키는 자, 그 왕좌와 영혼의 파수꾼이   1740

졸면서 정신을 잃은 셈이네.

치명적인 화살을 쏘는,

살인자가 그의 뒤를 좇는다오.

그리고 화살이 그의 방어를 뚫고 날아와

그의 가슴을 찌르고, 기만적인 악마의 도발이 시작된다오.

오래 소유한 것들이 이제 그에게는 하찮게 보인다오.

그는 탐내고 화를 내오. 그리고 관례를 무시하고

아무런 금도 하사하지 않소. 하느님께서 이전에 주신   1750

훌륭한 것들 때문에 그는 다가올 것들을 무시하오.

그리고 결국에는 종말이 다가와

그가 빌린 육체는 무너지고 죽음의

사냥감이 된다오. 그가 가지고 있던 오래된 소유물들과

물건들은 자유롭게 나누어 주는 다른 이에게

전해진다오.

베오울프는 삶의 허무함을 주의하라는 권고를 받는다.

오 무사들 중의 꽃이여, 저 올가미를 조심하시오.

친애하는 베오울프여, 보다 나은 것,
영원한 보상을 택하시오. 자만에 빠지지 마시오.　　　1760
그대의 힘이 꽃을 피우는 것은 아주 잠깐이고
금방 시든다오. 그러곤 곧 병이, 아니면 그대를 눕힐
칼이, 아니면 갑작스러운 불이나 파도가
아니면 공중에서 번쩍이는 칼날이나 창,
아니면 끔찍스러운 노년이
따라올 것이오. 그대의 형형한 눈빛도
흐릿해지고 어두워질 것이오. 친애하는 무사여,
죽음이 다가와 그대를 앗아 갈 것이오.

　　　　　　호로트가르 왕의 경험을 통해 위험하지 않은 삶은 없다는
　　　　　　　　　　　　　　　　　　　　　것이 입증된다.

나는 바로 이렇게 50년 동안
데인족을 통치하고,　　　　　　　　　　　　　　　　1770
많은 부족으로부터 끊임없는 공격을 받아
창과 검으로 그들을 방어했소. 나는 내 적들이
이 지상에서 사라졌다는 것을 믿게 되었소.
그러나 최근 일어난 일은 은총에서 슬픔으로
완전히 역전된 것이었소. 그렌델은 숨어 있다
공격해 왔소. 그는 이 땅을 황폐하게 만들었고
그때부터 내 마음은 그의 약탈을
두려워하게 되었소. 그래서 나는 살아생전
이 머리에서 피가 뚝뚝 떨어지는 것을 보고
그처럼 괴로움을 겪은 후 결국 승리를 지켜보게 되니,　1780

천국의 영광을 지니신 하느님을 찬양하오.
그러니 당당하고 기쁜 마음으로 자리를 잡고
축제를 즐기시오. 내일 아침 우리 보물을
그대에게 소나기처럼 쏟아 내주겠소."

연회가 베풀어지고 무사들은 휴식을 취한다.

그 예아트인은 기분이 한껏 좋아 나이 든
왕의 분부를 기꺼이 따랐도다. 그는 벤치에 앉았도다.
모든 것이 곧 이전과 마찬가지로, 제자리를 찾았도다.
행복이 되돌아왔고, 연회장에는 사람들이 모여들었으며,
연회가 베풀어졌도다. 까만 밤이 되어
어두움이 그들 위로 드리웠도다.   1790
　　　　　　　　　　　그러자 무리는
나이 든 왕을 위해 자리에서 모두 일어섰도다. 백발의
왕이
잠자리에 들 준비를 한 것이나니. 방패를 든
용감한 예아트인은 휴식을 취하고 싶었도다.
그는 집에서 멀리 떠나 온, 피곤한 선원이었고,
곧 왕실 경비병이 그를 밖으로 안내했는데,
그는 그 시절 무사가 길에서 필요하거나
요구하는 것이 무엇이든
시중드는 일을 맡았도다. 그것은 고귀한 예의였노라.

위대한 마음의 소유자는 휴식을 취했도다. 금빛으로
장식한, 둥근 연회장이 높이 솟아 있었고,   1800

그 안에서 손님은, 검은 까마귀가 소란스럽게 노래하며
하늘의 기쁨을 알릴 때까지, 그래서 빛이 서둘러
어두움을 몰아낼 때까지, 잠을 잤도다.
무사들은 얼른 일어나 멀리 가고 싶어 안달이었노라.
고향이 이 고귀한 자들을 부르고 있었노라. 용감한
항해자는
멀리 있는 배에 오르기를 간절히 원했도다.
그래서 저 건장한 무사는 흐룬팅을 운페르트에게
가져다주라 명하고, 그에게 검을 주며,
그것을 빌려준 것에 감사를 표했도다.
그는 그 검이 전투에서 친구가 되었으며   1810
큰 도움이 되었다 말했도다. 그는 칼날에 대해
어떤 흠집도 잡지 않았도다. 그는 사려 깊은
사람이었도다.

                    베오울프와 그의 부하 무사들은 떠날 채비를 한다.

이제 무사들은 군장을 차리고, 떠날 채비를 하여,
서 있었는데, 그들의 명예로운 지도자는
다른 이가 앉아 있는 왕좌로 다가갔도다.
대담한 영웅은 흐로트가르에게 말했도다.
에키테오우의 아들, 베오울프가 말했도다.
"바다를 건너온 저희는 이제 휘엘락께
돌아가고 싶다는 말을 당신에게
전해야 하겠습니다. 이곳에서 저희는 환영받았고   1820
더할 나위 없이 대접받았습니다. 당신은 저희를 잘 대접해 주셨습니다.

그 어떤 청이 있으시다면
왕이시여, 저는 이미 이룬 무공 이상을 행할 것이며
당신의 호감을 더 받을 수 있는
어떤 행동이라도 즉시 행하겠습니다.
공격자들이 종종 했던 대로
당신의 백성들이 국경에서 위협받는다는 소식을
바다 건너에서 듣는다면
저는 당신을 돕기 위해 1000명의 무사들과
함께 오겠습니다. 휘엘락이 한 나라를 통치하기에   1830
어리다 할 수도 있지만, 예아트족의 왕에 대해
저는 잘 알고 있습니다. 당신이 필요할 때
그분은 저를 도와 말과 행동으로
도와줄 것입니다. 그러할 때
제가 당신 주변에 창으로 울타리를 올리는 것은
명예에 따르는 일입니다.
만약 흐레트릭 왕자가 왕의 아들로서
예아트족의 궁까지 오시는 것을 고려하신다면
많은 친구들이 그를 맞이할 것입니다. 이국의 땅에서는
만날 가치가 있는 사람에게 더 많은 것을 안겨 줍니다."

호로트가르 왕은 베오울프가 예아트족의 왕에
적격이라고 선언한다.

호로트가르는 그에게 답했도다.   1840
"현명하신 주님께서 그대에게, 마음으로부터

99

우러나온 말들을 보내셨도다. 이제껏 나는 이처럼 젊은 사람이
이보다 더 진실하게 논평하는 것을 들어 본 적 없소.
그대는 육체적으로 강하고 정신적으로 성숙하며,
말은 인상적이오. 흐레텔의 후손이
창 아래에서 죽는 일이 생기면,
치명적인 싸움이나 칼날, 혹은 질병이
당신의 백성을 보호하는 왕을 쓰러뜨렸으나
당신은 여전히 살아 있다면, 그럴 때 나는 진실로
믿고 있소, 당신이 나라의 지도력을   1850
행사하기만 한다면 해양족인 예아트인들은
당신보다 더 자격 있는 왕이나 수호자를
찾을 수 없을 것이라고. 친애하는 베오울프여,
당신에 대한 나의 애정은
세월과 함께 더 깊어져 간다오.
당신이 행한 바로 인해 두 백성, 예아트 나라와
이웃인 데인족은, 과거 우리에게 드리웠던 증오에도 불구하고,
평화와 우정을 공유하고 협정을 맺을 것이오.
내가 이 넓은 땅을 통치하는 동안
보물들은 나누어 가질 것이고 양편이   1860
서로 선물을 줄 것이오. 바닷새의 욕조 건너,
넓은 바다 너머, 고리 달린 선미의 배들이
선물과 징표들을 나를 것이오. 나는 당신의 백성이
모든 면에서 흠잡을 데 없고,
친구에게나 적에게나 옛 방식대로 확고부동함을 알고

있소."

선물을 주고 작별한다.

그러고는 고관의 수호자는 그 영웅에게
열두 가지 보물들을 주고 출발하라고,
선물을 들고 그가 사랑하는 백성들에게
안전하게 항해하라고, 그러나 얼른 돌아오라고 말했도다.
그렇게 선한 백발의 데인족,   1870
저 고귀한 신분으로 태어난 왕은 베오울프에게
입맞춤을 하고, 그의 목을 끌어안더니,
갑자기 눈물을 쏟았도다. 두 가지 예감이
지혜로운 그의 마음에 혼란을 일으켰으니, 그중 하나가 더
강했도다.
즉 그들이 다시는 대면할 수 없을 것이라.
베오울프에 대한 애정이 그러했으니
그는 압도될 수밖에 없었도다.
그에 대한 왕의 애정이 너무나 깊었으므로,
그의 마음은 따뜻해졌고 그의 가슴속에서
심장의 끈이 꽉 묶였도다.   1880
                              그들의 포옹이 끝나고
베오울프는 황금 예복을 입고 장엄하게
초록 땅에 발을 내디뎠도다. 그의 배가 닻을 팽팽히 당겨
준비를 하고 그를 기다리고 있었도다.
그들은 여정을 계속하며, 흐로트가르의
관대함을 계속 칭송하였도다. 다른 많은 사람들에게

101

일어나듯

노년이 기력을 쇠하게 하여 치명적인 해악을 행하기까지
그는 비교할 자 없는 왕이었도다.

예아트족은 해안가로 행진하여 되돌아간다. 배를 타고
덴마크를 떠난다.

그래서 젊은이들은 갑옷 망과 전투복 차림으로
매우 흥분하여 바다로 나아갔도다.
해안 경비병이 이전과 마찬가지로, 이전과 똑같이   1890
출발하는 고관들을 훔쳐보았도다.
그는 이번에는 절벽 꼭대기에서
인사를 했는데, 무례함과는 거리가 멀었도다. 그는 그들을
만나려고
말에 올라탔고, 그들이 번쩍이는 무장 차림으로 배에
타자,
그들이 예아트족 나라에서 환영받을 것이라 말했도다.
그리고 모래 위에 정박했던 커다란 배는
보물과 말과 무기들을 가득 실었도다.
둥근 뱃머리가 움직였도다. 돛대는 배에 실린
보물 위로 높이 솟았도다.

배를 지키던 경비병은 금으로 장식한   1900
검을 받았도다. 나중에 그 선물로 인해
그는 연회장에서
존경받는 사람이 될 터.

　　　　　　　　　　그리고 나무배는 바닷속에서
끽끽 소리 내며 흔들렸도다. 그들은 이제 덴마크를
떠났도다.
돛은 돌아서자마자 바다를 숄로 걸쳤도다.
밧줄은 단단히 매어졌고, 목재 갑판은 쿵쿵거렸지만,
바람이 강하게 불어 배는 파도 넘어
계속 앞으로 나아갈 수 있었도다. 배가 앞으로 나아가니,
뱃머리는 거품을 일으키며 재빨리 둥둥 떠서,
물결 위를 가르며 나아가,　　　　　　　　　　　　　1910
드디어 예아트인들은 해안선과
친숙한 절벽들을 보았도다. 배는 치달았고,
바람이 배를 고향으로 데려와, 육지에 닿게 했도다.

　　　　　　　　　　　　그들이 휘엘락의 성에 도착한다.

항구의 경비병은 서둘러 소용돌이 이는 바다로 갔도다.
그는 오랫동안 열심히, 그 동료들을 보려고,
먼 바다를 지켜보았도다.
그는 배가 밀물에 떠밀려 멀리 가지 않도록
원래 정박했던 바로 그 모래사장에
닻줄로 배를 정박시켰도다.
그러고는 귀인의 보물들을 해안가로　　　　　　　1920
나르라 명했도다. 그곳에서 흐레텔의 아들이자
후계자, 황금 수여자 휘엘락이
안전한 절벽 위, 신하들과 함께,
거처로 삼고 있는 곳까지는 짧은 걸음이었도다.

그 건축물은 웅장했으며, 위엄 있는 왕은
자신의 궁에서 안전하게 거했도다. 물론 그의 왕비,
하위그드는 젊고, 궁에서 얼마간 짧은 세월을 지냈으나,
사려 깊고 분명한 예의를 갖추었도다.
헤레트의 딸은 관대하게 행동했고
예아트인들에게   1930
아낌없이 선물을 내렸도다.

하위그드 왕비를 소개한다. 모드트뤼트 왕비는 하위그드의
적이었다고 시인이 말한다.

훌륭한 왕비 모드트뤼트는
끔직한 잘못을 저질렀도다.
만약 어느 고관이 그녀의 얼굴을
똑바로 바라보았다면, 그녀의 군주가 아닌 다른
이가 대낮에 그녀를 응시했다면,
결과는 다음과 같을 것이로다.
즉 그자는 손이 묶이고, 고문을 받으며, 고통을 겪다
칼로, 칼날에, 피를 뿜는 죽음을,
악을 드러내며 옥죄는 죽음을 선고받았을 것이로다.
도드라지게 아름다운 왕비조차   1940
그처럼 넘어서서는 안 되나니.
왕비는 평화를 일으켜야지, 모욕을 상상했다고
순진한 사람의 생명을 앗아 가며
벌해서는 안 되나니.

그러나 혜밍의 친족이 그녀의 행동을 중지시켰고
술자리에 둘러앉아 술 마시는 사람들에게는 다른
이야기가 있도다.
　그녀는 금으로 치장하고,
아버지의 분부대로 어두운 바다 건너
젊은 왕자에게 갔도다. 그녀는
용감한 오파에게 시집간 후　　　　　　　　　1950
백성들 삶의 골칫거리에서 덜어졌고,
잔혹한 마음도 덜해졌도다.
앞으로 그녀는 왕좌를 빛내게 될 것이며
그녀의 선한 행동들과 처세,
최상의 왕이었던
영웅 왕에 대한 극도의 헌신으로
두 바다 사이, 아니 지상의 다른 어느 곳에서나
유명해졌다 전해지노라. 오파는 그의 관대한 태도와
투지, 그리고 고국을 잘 지킨 것으로
칭송을 얻었도다. 그로부터 에오메르가 태어나,　　1960
가르문드의 손자이자, 혜밍의 친족으로서,
그의 무사들의 중심이자 전투의 대가가 되었도다.

> 베오울프와 그의 무사들은 휘엘락의 연회장에서
> 환영받는다.

영웅 베오울프는 부하 무사들과 함께
백사장을 따라 힘차게 걸어, 드넓은
해안가를 가로질러 갔도다. 세상의 촛불인 햇살이

반짝이며, 남쪽에서부터 그들을 따뜻하게
비추던 시기, 그들은 옹겐테오우의 살해자이자,
그의 백성들의 수호자인 젊은 왕이
자신의 거처에서 보물을 나누어 주고 있다고
들었던 곳으로 서둘러 나아갔도다. 베오울프가
귀환했다고   1970
휘엘락에게 즉시 보고되었는데,
대장이 전투를 잘 행하고
살아 돌아와, 그 전투의 동지가 지금 가까이,
궁전으로 걸어오고 있다는 소식이었도다.
왕의 명에 따라 재빨리 접견실이 마련되었고,
무사들은 깨끗한 마루를 가로질러 행진했도다.

휘엘락이 고매한 말로
그의 충신에게 인사를 건넨 후,
전투에서 살아 돌아온 그의 친족이 그와
마주 보고 앉았도다. 헤레트의 딸은   1980
손에 잔을 들고 돌아다니며,
무사들이 들고 있는 술잔을 채우며,
그들을 접대했도다. 그리고 휘엘락은
높은 홀 안에서 오랜 친구에게 정중하게
질문했도다. 그는 바다를 항해한 예아트인들의
모든 것을 진정 알고 싶어 했도다.

휘엘락은 베오울프에게 질문한다.

106

"친애하는 베오울프여, 그대가 소금기 있는 물을
건너, 헤오로트에서 싸우기로
갑자기 결심했을 때, 그 낯선 항해를
어찌 해냈소? 그대는 결국   1990
흐로트가르에게 많은 도움이 되었소? 그대는
널리 알려진 그의 근심을 덜어 주었소? 나는
그대가 감행한 것에 우울했고, 그대 모험의
결과를 두려워하여, 그 살인자를 내버려 두고,
남부 데인족들 스스로 그렌델과
피 튀기는 싸움을 벌이기를 오랫동안
간절히 빌었다오. 그래서 그대가 무사한 것을 보니,
하느님께 감사드리오."

베오울프는 데인족의 나라에서 어떤 일이 있었는지 말한다.

에키테오우의 아들, 베오울프가 말했도다.
"휘엘락 군주시여, 있었던 일은 세상   2000
사람들 사이에서 더 이상 비밀이 아니게 되었습니다 —
그렌델이 승리의 쉴딩인들을 찾아와 그들을
파괴하고 생명과 사지를 약탈하던
바로 그곳에서 저는 그와 전투를 벌여,
그 손실에 대해 복수했습니다.
지구 위 어떤 그렌델의 후예라도
저 새벽 이전에 있었던 일에 대해,
그의 사악한 종족이 얼마나 오래 살아남든지 간에
다시는 자랑할 수 없습니다.

제가 처음 그곳에 당도했을 때
저는 서둘러 둥근 연회장으로 가 흐로트가르에게 인사
했습니다.   2010
제가 온 이유를 알자마자
할프데인의 아들은 곧 자신의 아들들과
함께 좌석에 앉게 했습니다.
즐거운 회합이었습니다. 제 인생 통틀어
어떤 홀에서도 그처럼 즐거이 모인 사람들을
본 적 없습니다. 이따금 왕비가 직접 나와,
국가 간의 평화를 맹세하고,
젊은이들을 격려하면서,
무사에게 술잔을 건네고 제자리에 앉았습니다.
가끔 흐로트가르의 딸이 계급별로 의자에 앉아 있는   2020
고참들에게 술을 돌렸습니다.
저는 그녀가 보석 박힌 술잔으로 술을 건넬 때,
무사들 무리가 그녀를 프레아와루라 부르는 것을
들었습니다. 그리고 금으로 장식한 옷을 입은 그녀가
점잖은 잉겔드의 신부가 될 것이라 했습니다.
쉴딩인들의 친구는 그녀의 약혼을 좋아합니다.
왕국의 수호자는 그것을 원하여,
이 여인이 오랜 상처와 슬픈 분쟁을
해결할 것이라 기대합니다.

그는 청혼의 암울한 결과를 내다본다.

그러나 왕이 죽임을 당했을 때,

108

그 신부가 아무리 칭송받을 만하다 해도,   2030
대체로 창은 재빨리 보복합니다.

데인족이 프레아와루의 결혼식에 참석했을 때 결혼식
주최자인 헤아토바르드인들은 이전 패배한 것에 복수하려
할 것이다.

그들의 왕, 잉겔드와 그의 충성스러운 신하들이
프레아와루와 함께 연회장에 들어섰을 때
헤아토바르드인들이 어떻게 느낄지 생각해 보십시오.
데인족은 그들을 초대한 사람의 상속물인 사슬갑옷을
불태우고 약탈했으며, 당시 헤아토바르드인들은
창을 겨눈 싸움에서 더 이상 무기를 쓸 수 없어,
사랑하는 동료들과 퇴각하고 생명까지 몰수당했는데,   2040
이제 데인족 사람들이 식탁에 앉아 접대를 받고,
번쩍거리는 휘장으로 호사스럽게 손님 대접을 받습니다.
이에 술을 마시던 어떤 노장 무사가
그 보물을 보고 학살이 생생하게 떠올라
말하겠지요. 그의 마음이
우울해지고, 찢어질 듯 아파, 격한 감정에 사로잡혀서,
젊은이의 성미를 자극하여
문제를 일으키려, 다음과 같은 말을 하기 시작합니다.
'자, 나의 친구여, 자네는 자네 아버지의 검을
못 알아보겠는가? 그가 사랑했던 검,
저 마지막 날 그가 데인족을 맞으려
투구를 쓰고 나가던 때 지니셨던 저 검을?   2050

웨터겔드*가 죽고 그의 부하들이 스러진 후
쉴딩족 사람들은 재빨리 전쟁터를 점령했고,
지금은 그 살인자들 중 누군가의 아들이
우리 연회장에 와서
우리를 제압하며 우쭐거리고,
원래 자네 것인 무기를 뽐내고 있다네.'
그렇게 그는 독한 말로 상기시키고, 비난하고,
부추겨서, 결국 왕비의 시종들 중 한 명이
자기 아버지 때문에
피 흘리며 쓰러져 갈갈이 찢기고,   2060
그곳의 지형을 잘 아는 살인자는
목숨을 부지하여 도망치고요.
그리 되면 맹세로 약속한 양쪽 군주들은
평화협정을 깨고, 잉겔드에게는 강렬한 증오가
자라날 것이며, 신부에 대한 사랑은 그의 내면에
맺힌 불화로 식어 버릴 것입니다.
그래서 나는 헤아토바르드인들의 신의를
의심하고, 그들 우정의 진실과 그들이 데인족과 맺은
동맹 관계의 진실성도 의심합니다.

                    그렌델과의 싸움에 대한 이야기를 이어 간다.

                    그러나, 나의 군주시여,
이제 그렌델에 대한 설명을 계속하고,   2070

• 웨터겔드(Weathergeld): 헤아토바르드족의 지도자. 데인족과의 싸움에서
패배하여 죽음.

근접 싸움에서 일어난 모든 이야기들을
계속 말하겠습니다.
                              하늘의 보석이 살며시
지상에서 사라진 후, 저 성난 유령,
저 여명의 공포가 우리를 공격하러 왔습니다.
연회장 안에서 아직 안전하게, 경비를 서는 곳으로.
그곳에서 치명적인 폭력이 한드시오에게 가해졌고,
그는 전투에 맞는 차림이었으나, 운명이 정한 대로 쓰러져,
가장 처음 소멸했습니다. 우리 진영의 동료가 슬프게도
그렌델의 손아귀에 놓인 것입니다.
그렌델이 그를 다 삼켜 버렸습니다.   2080
놈의 이빨에 피가 흥건했고, 놈은 한껏 고무되고 격노에
휩싸여,
모든 것을 뒤흔들면서, 빈손으로는 전혀
연회장을 떠나려 하지 않았습니다.
힘이 세기로 유명한 놈은 저와 겨루려,
거칠게 저에게 손을 뻗쳤습니다. 놈은 넉넉한 주머니를
지니고 있었는데, 그것은 기묘한 물건으로,
정교하게 짜여 곧 쓸 수 있게 차고 있었고,
악마에게 맞는 용의 가죽으로 만든 희한한 것이었습니다.
저는 그놈에게 아무 해도 끼치지 않았는데, 성난 악마는
저와 다른 많은 이들을 이 주머니 속에   2090
쑤셔 넣으려 했으나 제가 앞뒤 가리지 않고 분기탱천하여
일어서자 그렇게 되지 않았습니다.
놈이 앗아 간 모든 생명에 대해, 제가 어떻게 그곳의
공포를 되갚아 주었는지 말하려면 너무 오래 걸릴

것입니다.
　　나의 왕이시여, 저는 폐하와 당신의 모든 백성을 위해
　　신임을 얻었습니다. 비록 놈은 도망쳐
　　잠시 생존의 아름다움을 누렸지만,
　　놈의 오른손은 헤오로트 안에 남았으니,
　　놈이 호수 밑바닥으로 뛰어들었을 당시
　　비참한 패배의 증거입니다.　　　　　　　　　　　　　2100

베오울프는 헤오로트에서의 연회를 회상한다.

　　저는 데인족의 군주로부터 전투에서 한
　　저의 역할에 대해 금과 다른 많은 것들로
　　아낌없는 보상을 받았고, 아침이 되자
　　우리는 연회장에 자리를 잡았습니다.
　　노래와 연회가 있었습니다. 어떤 나이 든 연주자가
　　이야기를 전하면서, 오래전 세월을 회상했습니다.
　　어느 때는 몇몇 영웅이 나무로 만든 하프를 아름답게
　　떨리도록 연주하거나, 실제 있었던 비극적인
　　일들을 전했습니다. 때로는 왕이
　　환상적인 이야기로 적절히 바꾸기도 하고,　　　　　　　2110
　　전쟁에 상처 입은 노병이 세월에 고개 숙이며,
　　젊을 적 전성기 시절 무훈에 대해
　　회상하면서 겨울 같은 그의 가슴에 솟구치는
　　과거에 압도되기도 하였습니다.

베오울프는 그렌델의 어미에 대해 이야기한다.

우리는 그곳에서 내내 행복했고
또 다른 밤이 우리에게 다가올 때까지
즐겁게 지냈습니다. 그런데 갑자기
맹렬한 어미가 아들의 복수를 위해
파괴를 퍼부었습니다. 죽음이 그녀의 것을 앗아 갔는데,
바로 예아트인들이 그렌델을 죽인 것이니,   2120
그의 무시무시한 어미가 되받아치고 뻔뻔하게 도전하여
한 사람을 쓰러뜨렸습니다. 그렇게 사려 깊고, 원로들 중 현명한 원로인
에시에레의 생명은 사라졌습니다.
그러나 이후, 아침이 되었을 때
데인족들은 그들이 사랑한 사람의
시체를 태울 수도 화장용 장작 위에
놓을 수도 없었습니다. 그녀가 시체를 들고 도망가
산 위의 흐르는 물 아래로 가져가 버렸습니다.
흐로트가르로서는 이전에 겪었던
어떤 것보다 견디기 어려운 일격이었습니다.   2130
그래서 가슴 아픈 왕은 자신의 이름으로
저에게 물속으로 들어가 영광으로 승리하고
저의 가치를 증명하라
요청했습니다. 그리고 보상을 약속했습니다.
그래서 저는, 잘 알려졌듯, 호수 밑바닥에서
공포를 일으키는 자와 대면했습니다.
한동안 우리는 맨손으로 싸웠는데,
피가 물결을 따라 휘돌았고,

저는 그 방에서 그렌델 어미의 목을
강력한 칼로 잘랐습니다. 저는 간신히   2140
도망쳐 살아났습니다. 저의 시간이 아직 오지 않은
것입니다.
할프데인의 후계자이자 저 고관들의 보호자는,
다시 저에게 많은 보물을 주셨습니다.

그렇게 왕께서는 적절한 관례에 따라 행하셨습니다.
저는 흐로트가르로부터 완벽하게 보답받고 보상받았으며,
그가 지닌 보물들을 넉넉히 받고
그중 마음대로 택할 수도 있었습니다.
휘엘락 왕이시여, 이 보물들을 당신께
선물로 바칠 수 있으니 저는 행복합니다. 모든 것은
항상 전하의 덕입니다. 왕이시여, 저는   2150
친절한 당신 말고는 가까운 친척이 없습니다."

베오울프는 벌어들인 보물들을 휘엘락 왕에게 바친다.

그렇게 말하고 그는 수퇘지가 그려진 깃발,
전투에서 더욱 빛나는 투구, 겨울의 서리 같은
회색 갑옷, 그리고 소중한 검을 가져오라 명하고,
다음과 같이 말하며 앞으로 나섰도다.
"흐로트가르 왕이 제게 전투복을 주시면서,
이것이 왜 그의 특별한 애정을 의미하는지
전하께 설명드리라 분부하셨습니다.
이것은, 왕이 말하기를, 그의 큰 형, 헤오로가르의 것으로,

그가 오랫동안 간직하면서
자신의 충성스럽고, 자격을 갖춘 아들
헤오로웨아르드에게도
물려주지 않은 검입니다.

　　　　　　　　　　　이 검을 소중히 다루십시오."

내가 듣기로 다음으로 네 마리 말이 넘겨졌도다.
베오울프는 네 마리 모두
군장을 갖추고 빠르게 달리는 말들로
똑같이 마련했도다. 친족은 마땅히 그래야 하는 것,
사람들이 슬픔에 잠기도록 비밀스럽게
음모하거나, 동료들을 죽음으로 몰아넣을 일을
꾸미거나 하지 않고 말이다. 무사 왕은
베오울프에게 삼촌이었고, 조카에게 존경을 받았도다.　2170
두 사람 모두 상대의 안녕을 염려하였도다.

내가 들은 바에 의하면 그는 대공의 딸
웨알테오우가 그에게 준, 값어치를 매길 수 없는
보석 목걸이와, 유연한 세 마리 말도
번쩍이는 안장을 얹어 하위그드˙에게 주었노라.
빛나는 목걸이는 하위그드의 가슴 위에서 빛을 발할
것이었도다.

　　　　　　　　　베오울프의 모범적인 삶이 극찬을 받는다.

───────────

˙ 하위그드(Hygd): 휘엘락 왕의 아내.

베오울프는 이처럼 용기를 보여 주었도다.
그는 전투에서는 무적이었으나 명예를 유지하며
행동했고 어떠한 이익도 취하지 않았도다. 술에 취한
동료를 벤 적 없고, 성정을 잘 다스렸으며,   2180
원래 무사였으므로, 하느님으로부터 받은 힘과 뛰어난
천성적인 힘을 지켜보고 통제했도다. 그는 오랫동안
보잘것없다 여겨졌고, 예아트인들에게
지닌 것보다 덜 가치 있는 이로
여겨졌도다. 그의 왕도 연회장 안에서 그를
썩 높이 평가하지 않았도다.
그들은 그가 힘이 부족하며,
약골이라고 굳게 믿었도다. 그러나 지금은
그의 자격에 대한 모든 모욕은 반전되었도다.

휘엘락 왕은 베오울프에게 검과 드넓은 땅을 하사한다.

전투로 유명한 왕, 무사들의 수호자는   2190
금으로 장식한 흐레텔의 검을 가져오라
명령했는데, 그 검은 예아트족 보물들 중
보석 박힌 검으로서는 최상이었도다.
그는 그것을 베오울프의 무릎에 올려놓았고,
7000히데*의 땅과
회관 및 왕좌를 하사했도다.

• 히데(hide): 면적을 재는 단위.

116

두 사람은 저 나라에서 태어날 때부터
조상으로부터 땅을 받았도다. 그러나 더 높은
가문에서 태어났으니 더 많은 권리와 소유를 물려받았도다.

세월이 흘러 베오울프는 예아트족을 50년 동안 통치한다.

훗날 전투의 격동을 지나면서   2200
많은 일들이 일어났도다. 휘엘락은 죽었고
쉴핑족의 격렬한 공격에
헤아르드레드*의 방어는 무용지물이 되었도다.
무자비한 검객들, 노련한 전투원들이
그와 그가 지배하는 나라로 싸우러 와,
잔혹하게도 힘으로 그를 베어 버려
이후
                              그 넓은 왕국은
베오울프에게 넘겨졌도다. 그는 50년의
겨울 동안 잘 통치했고, 땅을 수호하는 자로서
나이 들면서 현명해졌도다.   2210

용이 깨어난다. 우연한 도난 사건으로
용의 분노가 탱천한다.

                         그러다 어떤 자가
어둠의 세계를 지배하기 시작했는데, 보물을

---

* 헤아르드레드(Heardred): 왕 휘엘락과 왕비 하위그드의 아들.

지키면서 돌무더기 지붕을 인 뾰족 천장 굴에
웅크리고 있던 용이었도다. 사람들에게는 알려지지 않은
길이 있었는데, 누군가 그곳으로 우연히 들어가
이교도의 보물들을 가로챘도다. 그는 보석 박힌 술병을
손에 들고 가져왔도다. 그것으로 아무 득을
보지는 못하였으나, 도둑의 간계로
잠들어 있던 용을 속였도다.
그로 인해 용은 분기탱천했고,
곧 그 나라 사람들이 알게 될 것이었도다.   2220

                              잊힌 종족의 마지막 생존자가 오래전 땅속 집 안에
                                             보물들을 숨겨두었다.

용의 보물을 훔쳐 화를 돋운 침입자는
결코 그럴 의도는 아니었도다.
노예의 입장에서는, 주인의 폭압으로부터
절박하게 달아나다,
죄의식에 사로잡혀, 도망치다,
그곳에 간 것이었도다. 그러나 그는 곧
무서워 몸을 떨기 시작했나니 …… 충격으로
이 비참하게 된 자는 ……
……………… 겁에 질려
그 소중한 것 …………   2230
금속품을 들고 내달렸도다. 그 땅속 집 안에는
다른 많은 가보들이 쌓여 있었는데,
오래전, 지금은 잊힌 어느 누군가가

고귀한 종족의 보물들을,
조심스럽게 다루면서,
이 오랜 굴에 묻어 놓았던 것이로다. 죽음이
세월 속으로 그들을 데려갔고, 그 혈통의
마지막 단 한 사람만 남아 그들의 이야기를
전할 수 있었으되, 다음을 기약할 수 없었으며,
그 자신에게도 같은 운명이 다가왔도다. 그는 보물로   2240
얻은 기쁨이 찰나의 것임을 예견했도다.

                    새로 만들어진
무덤이, 파도치는 넓은 해안가에
서 있었는데, 입구는 안전하게 막아 놓았도다.
감시자는 보관할 가치가 있는
모든 훌륭한 것들과 금으로 된 것들을 그 안으로
옮겨 놓았도다. 그의 말은 몇 마디였노라.
"자, 대지여, 고관들이 한때 지녔으나
영웅들이 더 이상 간직하지 못하는 것을 받으라. 명예로운 자들이
처음 그대로 캐냈으니. 나의 백성들은
전쟁으로 황폐해져, 홀에서 그들의   2250
달콤한 생의 마지막을 보고, 차례차례
죽음의 세계로 내려갔도다. 내게는 검을 들
사람 하나 없고 접시 받친 술잔을 닦아
그 위를 윤나게 할 사람 하나 없도다. 가신들은 떠났도다.
금으로 고리를 단 단단한 투구에서는
그 고리가 떨어져 나갈 것이며, 전투용 가면이며
닦아야 하는 투구 청소하는 사람은 잠들어 있나니.

여러 전투를 같이하면서
방패가 파손되고 검이 잘리는 고초를 함께했던 갑옷은
무사와 더불어 사라지도다. 고리로 엮인 갑옷이   2260
용사들 무리 옆에 누운 장수에게서 멀리
떨어지지 않을 것이라. 떨리는 하프도,
음을 맞춘 목관도, 급강하하다가 홱 방향을 틀며 홀을
빙빙 도는
매도, 뜰을 재빠르게 쿵쿵 뛰는
말도 없도다. 약탈과 학살로 인해
모든 사람이 땅을 비웠도다."
그렇게 애도하면서 그는 세상을 떠돌아다니고,
버려진 채, 홀로, 밤낮으로 자신의
불행을 한탄하다, 결국 죽음의
홍수가 그의 심장까지 차올랐도다.   2270

                    용은 무덤 안에 살면서 금을 지키고 있다.

                        그때 오래된 밤의 약탈자는
보물 창고가 열린 것을 우연히 알았는데,
매끈한 피부의 용은, 무덤을 뒤지며,
불을 내뿜는 자로서, 밤하늘에 불을 증기로
내뿜을 것이라 협박하였도다. 땅 위
백성들은 그를 두려워했노라. 그는 지하의
보물들을 사냥하고, 오랜 세월 지키면서
이교도의 황금을 지키려 했으나, 아무 소용이 없었도다.
300년 동안 이 백성의 적은

저 땅속 단단하게 보호된 보물을
지켰는데, 마침내 침입자가   2280
그의 분노를 일으켰도다. 그는 황금 받침 술잔을 들고
서둘러 주인을 찾아가,
다시 받아 달라 애원했도다. 그 후 보물 창고는
약탈되고, 보물들은 도둑질당했고, 그 불쌍한 자의
청이 받아들여졌도다. 그의 주인은
과거로부터 전해져 온 물품을 처음으로 보았도다.

                                          용은 곤경에 처한다.

용이 깨어났을 때, 문제에 다시 불이 붙었도다.
그는 자기가 잠자는 머리맡에서
훔쳐 간 자의 발자국을 보고,
분노로 몸을 비틀며, 바위 아래를 뒤지고 다녔도다.   2290
그래서 운명에 찍히지 않는 사람은
하느님의 은총으로 쉬이
유배와 슬픔을 피할 수 있나니.
                            보물 수호자는
잠을 방해한 도둑놈을 쫓아
온 사방을 샅샅이 사냥하듯 뒤졌도다.
그는 화가 나고 난폭해져
무덤 밖을 빙빙 돌고 또 돌았도다. 황량한 곳에
아무도 보이지 않았으나, 그는 전투를 상상하며
홀로 열을 올렸도다. 그러다 다시 돌아와
술잔을 찾다가, 누군가 금 술잔을   2300

들고 넘어진 흔적을
찾았도다. 그렇게 무덤을 지키는 자,
보물 감시자는 격렬한 분노를 품고
어스름을 기다렸도다.
술잔을 잃은 것에 대한 치솟는 분노로
그는 불을 내뿜어 되받아치기를
오랫동안 갈망했도다. 그러다 기쁘게도,
날이 저물어 그는 벽 뒤에서 더 이상
기다릴 수 없어, 불꽃을 내뿜었도다. 먼저 고통을
겪는 쪽은 그곳 백성들이었으나, 곧   2310
그들의 보물 하사자가 슬픔에 휩싸이게 되었도다.

                        용은 예아트족에게 대파괴를 감행한다.

용은 불꽃을 내뿜기 시작했고
빛나는 집들을 불태웠도다. 뜨거운 불꽃은
모든 사람들을 겁에 질리게 했고, 하늘을 나는
사악한 놈은 깨어 있는 동안 살아 있는 것은
아무것도 남겨 놓으려 하지 않았도다.
사방에 그가 일으킨 해악은 분명했도다.
그의 잔혹한 공격과 매서운 증오의 날카로움을
도처에서 예아트족이 감내했도다.
그는 새벽이 되기 전, 동굴 속에 숨으려고 거처로
돌아오곤 했도다.   2320
그는 땅을 화염에 휩싸이게 하고, 불꽃으로 휙 베어,
불길에 휩싸여 타오르게 하고, 제 굴 안에서

122

안전하다 느꼈도다. 그러나 그의 믿음은 소용없었도다.

베오울프는 좋지 않은 소식, 견디기 어려운
소식을 들었도다. 그 자신의 집,
집들 중 최상의 집, 예아트족의 왕좌가 있는
집이 불에 타 잿더미가 되었도다. 그 소식으로 영웅은
큰 고통을 겪고 마음이 무거워졌도다.
현명한 사람은 그가 영원한 주님의
오래된 명령을 왜곡하고,   2330
주님의 계명을 어겼다 생각했도다. 그의 마음은
들끓었고, 익숙지 않은 불안과 우울함으로
머리가 복잡했도다. 불을 내뿜는 용은
해안 지역을 찢어발기고, 성채와
토성 벽루들을 먼지와 재로 만들어 버렸고,
전쟁의 왕은 복수를 꾸미고 계획했도다.
무사들의 보호자, 연회 경비병들의 왕은
전부 철로 주조된 놀라운 방패를 만들라
대장장이들에게 명했도다. 그는 보리수 판으로는
패배할 것이며 목재는 불에 타 버린다는 것을   2340
잘 알고 있었도다. 여러 번의 시련을 겪은 후,
그는 이 필멸의 세상에서 자신의
종말을 직면할 운명이었도다. 용 또한,
오랫동안 보물에 대해 임차권을 갖고 있다 해도,
마찬가지였도다.

베오울프의 자부심과 용맹스러움이 그를 지탱한다.

그러나 금 고리를 하사하는 왕은 많은 군사로
하늘에서 공격하는 자에게 대항하는 것을
수치스럽게 여겼도다. 그는 용을 위협적이라
생각지 않았고, 그 용기나 힘을
전혀 두려워하지 않았도다. 그가 과거에,
흐로트가르의 연회장을 소거하여   2350
헤오로트에서 승리를 거두어, 그렌델을 무찌른 후,
온갖 위험과 시련을 거치고도 여전히 살아
남았기 때문이로다. 그는 괴물과 그 사악한 친족들을
훨씬 압도하였도다.

회상: 휘엘락의 죽음, 베오울프의 승산 없는 싸움과
바다를 통한 도망

그가 치른
가장 잔혹한 육탄전은 예아트족의 왕,
휘엘락이 프리에슬란드에서 전사한
전투였도다. 백성의 친구이자 군주인,
흐레텔의 아들은 피에 굶주린
칼날에 베였도다. 그러나 베오울프는
탁월한 수영 실력으로 안전하게 돌아올 수 있었도다.   2360
그는 전투에서 획득한, 서른 명분의 전투 장비를
어깨에 메고 해안가에 도착했도다.

124

얼굴을 방어하며 본격적으로 땅에서 싸우기 시작하자
헤트바레인*들로서는 좋아할 이유가 거의 없었도다.
베오울프가 그들과 대적하자, 집으로 돌아가리라는
희망을 가진 사람은 거의 없었도다.

베오울프는 휘엘락의 후계자인 헤아르드레드에게
자문관 역할을 한다.

황량하고 외로운, 드넓은 바다 건너,
에키테오우의 아들이 자신의 백성에게 헤엄쳐 돌아왔도다.
하위그드는 보물 수호자로서
왕좌와 권위를 그에게 주었도다. 휘엘락이 죽고,   2370
그녀는 아들이 외부 침입자들로부터
나라를 지킬 능력이 있을지에 대해 믿음을 갖지 않았도다.
그러나 힘없는 백성은 베오울프에게서
헤아르드레드 위에 군림하는 군주가 되든가
왕의 임무를 받아들이도록
동의하게 할 방법이 없었도다.
그는 왕자를 지지했고,
그가 예아트 나라의 통치자로서
성숙해질 때까지 명예를 지켜 배려했도다.

헤아르드레드는 스웨덴과의 분쟁에 휘말려 살해된다.

---

* 헤트바레인(The Hetware): 프랑크족과 합세하여 휘엘락 왕에게 도전한
부족.

그리고 바닷길 건너
오테레*의 아들들**이 망명객으로 도착했도다.　　　　2380
그들은 스웨덴의 쉴핑족을 지배하던,
유명한 군주이자, 연회장의 주인이던,
바다의 왕들 중 가장 훌륭한 왕에게
반역을 일으켰도다. 그 일로
휘엘락의 아들은 죽음을 맞았도다. 그의 환대는
검으로 상처 입는 치명적 보답으로 돌아왔도다.
헤아르드레드는 살해되고 오넬라는
스웨덴으로 떠났고, 베오울프는
왕좌에 올라, 위엄 있게,
예아트족을 통치했도다. 그는 훌륭한 왕이 되었도다.　　2390

베오울프는 왕의 지위를 물려받아 분란을 평정한다.

이후, 그는 자신의 군주가 스러진 것에
복수하려는 계획을 세웠도다. 그는 에아드길스에게
친구가 없을 때 그와 친교하여 드넓은 바다 너머로

---

* 　오테레(Ohthere): 오넬라(Onela)와 함께 옹겐테오우(Ongentheow)의
아들.

** 　오테레의 아들: 에안문드(Eanmund)와 에아드길스(Eadgils)는 삼촌
오넬라가 왕이 되자 추방되어 예아트족의 나라에 온다. 휘엘락의 뒤를 이어
왕이 된 헤아르드레드는 그들을 보호하나, 오넬라의 침공을 받아 그의 손에
죽음을 맞는다. 오넬라의 무사 베오스탄(Weostan)이 에안문드를 죽인 후
오넬라는 스웨덴으로 돌아가고, 베오울프는 예아트족의 왕이 된다. 나중에
에아드길스는 베오울프의 지원을 받아 스웨덴을 침공, 오넬라를 죽인다(2391-
2396행).

무기와 무사들을 보내 그의 조직을 도와주었도다.
그가 비정한 공격을 감행하여
오넬라를 죽이니, 불화는 사라졌도다.

정찰하는 날: 베오울프와 그의 무사들은 정찰한다.

그렇게 에키테오우의 아들은 대담함을 발휘하고 위험에
대처하는 데
월등하여, 모든 극한에서
살아남아, 드디어 용과 바로 마주하여
싸우는 날을 맞이하게 되었도다.   2400
예아트인들의 군주는 열한 명의 무사들을 데리고
결기하여 정찰하러 나섰도다.
그때 그는 고통의 원인이 백성들에게
다가왔음을 알았도다. 소중한 술잔이
그것을 발견한 자의 손에서 그에게로 왔는데,
그는 이 싸움을 시작하게 한 자이며,
지금은 열세 번째 무사로 가담했도다.
그들은 이 불쌍한 자로 하여금 그들을
안내하게 했도다. 그의 뜻과는 달리
그는 그들을 자신만 알고 있던 둥근 땅,   2410
바다가 요동치고, 일렁이는 파도 가까이 있는
지하 동굴, 금속으로 만든 아름다운
것들로 가득한 곳 안으로 데려갔도다. 경비하며 서 있는
자는, 땅속에 묻힌 보물들의 관리자로서,
위험하고 경계심이 많았도다. 누구라도 그곳에서

쉽게 획득할 수 있는 것이 아니었도다.

베오울프의 예상

역전의 왕은 절벽 꼭대기에 앉았도다.
그는 그의 집과 금을 나누었던 예아트인들에게
안녕을 고했도다. 그의 마음은 슬프고,
불안했지만, 자신의 죽음을 예감하며 준비했도다.　　2420
그의 운명은 알 수 없지만 분명히 가까이 어른거리고
있었도다.
운명이 곧 그의 육신에 갇힌 영혼을 데려가,
사지에서 생명을 가를 것이로다. 곧 왕의 영혼은
그의 몸으로부터 자유롭게 날아갈 것이라.

베오울프는 흐레텔 왕의 궁전에서 무사로 지냈던
젊은 시절을 회상한다.

에키테오우의 아들, 베오울프가 말했도다.
"나는 젊은 시절 많은 교전과 전투에서
살아남았노라. 나는 그것들을 잘 기억하고 있노라.
일곱 살에 아버지로부터 떨어져 키워졌고,
내 백성들의 군주에게 맡겨졌도다.
흐레텔 왕이 나를 맡아 보살피셨는데,　　2430
넉넉하게 베푸시고, 친족처럼 대하셨도다.
내가 그의 보호 아래 있을 때, 그는 어린 나를
자신의 아들들인 헤레베알드와 하에트쿈, 또는 나의

휘엘락 왕보다 더 나쁘게 대한 적 없었노라.
장남, 헤레베알드에게 예기치 않은
죽음의 침상이 펼쳐졌는데,
동생 하에트퀸이 뿔로 된 활을 구부려 화살을 쏘아,
그만 그의 생명을 앗아 갔도다.
그가 쏜 화살이 빗나가
그의 형의 몸과 피에 화살대를 묻었나니.   2440

　　　　우연히 살인 사건이 벌어져 흐레텔 왕에게 슬픔을 안겼다.

그러한 공격은 돌이킬 수 없는, 마음속
사랑에 대한 기습적인 공격이었도다. 누가 왕자의 생명에
복수할 것이며, 그 죽음의 대가를 치를 수 있겠는가?

　　　　흐레텔 왕의 상실은 "아버지의 탄식"에 반영되어 있다.

이것은 교수대에 매달린 아들의 육체를
늙은이가 여전히 살아 있으면서
볼 때 느끼는 처참함과 같도다. 그는 그가 매달려 있는
곳에서 까마귀가 고소해하는 모습을
지켜보면서, 아들을 향해 통곡하며
흐느껴 울기 시작하노니. 그는 아무 도움이 될 수가 없도다.
노년의 지혜는 그에게 아무 가치가 없도다.
아침마다 그는 깨어나 아들이 떠났다는 것을 기억하고,   2450
또 다른 후계자가 궁에 태어날 때까지
살아갈 마음이 들지 않는다,

그의 첫 아이가 죽음의 세계로
영원히 들어간 지금.

그는 아들이 살았던 곳,
모든 기쁨이 사라진 연회장, 그리고 바람 휘몰아치는
휴식처를 슬픈 눈으로 바라보도다. 말을 탔던 무사들은
잠에 빠졌고, 무사들은 땅속에 있도다. 존재했던 이들은
더 이상 존재하지 않도다.

하프에서는 음악도 들리지 않고, 정원에서는 환호 소리도
들리지 않도다.

그는 그리움을 안고 홀로 침대에 누워   2460
슬픔의 노래를 부르도다. 농장도 들판도
모든 것이 광활하게 느껴지도다.

                     이런 것이 헤레베알드가 죽은 후
예아트족의 군주가 느낀
상실감이었도다. 그는 어쩔 수 없이
잘못한 것들을 바로잡아야 하는 위치에 있었고,
살해자를 사랑하지 않음에도, 피의 복수 법칙에 따라
그를 처벌할 수 없었도다.

가슴이 아프고, 지쳐, 그는 삶의 기쁨을 저버리고,
하느님의 빛을 택해,
확고한 의지를 지닌 사람으로서,   2470
궁전과 토지를 아들들에게 남기고 떠났도다.

베오울프는 예아트족과 스웨덴족 사이의 전쟁에 대해 계속
설명한다.

그때 스웨덴족과 예아트족은
드넓은 바다 너머 서로 싸우고 적대시하며 무자비하게
싸웠도다.
흐레텔이 죽었을 때 적개심이 분출되었도다.
옹겐테오우의 용맹스러운 아들들은,
평화 협정을 거부하면서, 해안에서 해안으로
격렬하게 싸움을 벌여, 흐레아스나힐 주변에서
연이어 끔찍하게 학살을 자행했도다.
나의 친족과 벗들은, 모두 알다시피,
이 악행들에 보복했으나,   2480
대가는 컸도다. 그중 한 명은
생명을 바쳤도다. 예아트족 군주인 하에트쉰은
치명적인 운명을 만나 바로 그들과의 전투에서
스러졌도다.

스웨덴족의 왕 옹겐테오우는 휘엘락의 무사인 에오포르의
손에 죽는다.

그리고 내가 듣기로, 휘엘락은 어느 아침,
그의 형을 죽인, 옹겐테오우를 향해
검을 들었노라. 에오포르가 늙은 스웨덴인의 투구를 갈라
반토막을 냈을 때,
그는 쓰러져, 창백하게 죽었도다. 그의 적개심에 절어 있던
손으로도
치명적인 일격을 막아낼 수 없었도다.

나는 휘엘락이 내게 쏟아 주다시피 주신 보물들로   2490
운명이 내게 허용했으므로, 나의 빛나는 검과 함께
내가 싸운 것에 대한 대가를 지불했노라. 그는 나에게 땅과
땅이 주는 안전을 주었으니,
그는 기프트하스인*이든 쉴딩족이든,
아니면 스웨덴 사람들 중에서 열등한 무사나 용병을
찾을 이유가 없었도다.
나는 그보다 앞에 서서 행진하고, 항상 전선
맨 앞에 있었노라. 그리고 나는 살아 있는 한,
두 진영 앞에서 프랑크족 다위라벤을 내가 죽인 이후
줄곧 훌륭한 상태로 내 앞에 있는   2500
내 칼이 지탱하는 한,
그처럼 싸울 것이로다.
그는 노획한 갑옷을
프리시아의 왕에게 가져갈 수 없었으니, 군기 수호자이며,
고귀한 가문에서 태어나, 용맹스러웠음에도 전투에서
스러졌도다.
검이 그를 죽음의 세계로 보낸 것이 아니라,
내 맨손이 그의 맥박을 잠재우고
그의 뼈대를 부수었도다. 이제 칼날과 손,
그리고 검과 검의 일격이 그 보물을 시험할 것이로다."

• 기프트하스인(The Gifthas): 동독 지역의 부족.

베오울프는 말을 마치고, 마지막으로   2510
당당히 자랑했다. "나 젊었을 때는
종종 위험을 감수했노라. 지금 나는 늙었으나,
만약 악이 땅굴을 떠나 대명천지에서 나와 대면한다면,
승리의 영광을 위해
백성의 왕으로서 전투에 나서리라."

그런 다음 그는 마지막으로
투구를 쓰고 있는 소중한 동료 중 한 사람에게
단호하고 고귀한 태도로 말했도다. "내게 용을 다룰 다른 수가 있다면
그리고 그렌델과 싸웠던 때처럼
내가 뽐낼 수 있다면   2520
나는 무기를 사용하지 않을 것이오.
그러나 나는 불을 내뿜는
독기 어린 입김을 대해야 할 것이니,
갑옷과 방패로 무장하고 나갈 것이오. 그 동굴 지킴이를
만나면 나는 한 발도 움직이지 않을 것이오. 벽 안
우리 둘 사이에 어떤 일이 발생하든 그것은 우리의 운명,
인간의 감독자가 결정하는 것이오. 나는 각오하고 있소.
이 하늘에서 오는 적에 대항하여 더 이상의 말을
경멸하오.

무장한 무사들이여, 무장한 상태로 안전하게,
이곳에 남아, 우리 둘 중 어느 쪽이 결국   2530
치명적인 격투에서 상처를 더 훌륭하게
견디는지 보시오. 이 싸움은 그대들의 싸움이 아니며,
괴물에 대항하는 힘을 재거나
그 가치를 증명하는 것은
나 말고는 어느 누구에게도 해당되지 않소. 나는 용기로써
금을 획득할 것이오. 그러지 않으면 치명적인 결투,
운명의 싸움으로 그대들의 군주는 사라질 것이오."

말을 마친 후 그는 방패에 기대어 몸을 일으켰도다.
무장을 갖추고 투구를 쓴 전설의 무사는
전적으로 자신의 힘을 믿으며   2540
바위 아래로 내려갔도다. 겁쟁이의 길이 아니었노라.

베오울프는 용과 싸운다.

바위 얼굴로 단단해진 저 건장한 노병,
전투에 반복해서 참여하고 위험에서
살아온 선량한 자는
돌로 된 아치와 동굴에서 치솟는 물을 보았나니,
그 물에서는 번쩍거리면서 치명적인 열기가
뿜어져 나왔도다. 보물 가까이에서 상처 입지 않고,
저 불길이 솟아 나오는 깊은 곳에서 용에
대항하여 굳건히 버티는 것은 험난한 일이었도다.
그래서 그는 소리를 질렀노라. 예아트족의 왕은   2550

가슴에서 짐을 벗어던지듯
분노의 폭풍우 소리를 내질렀도다. 그의 목소리가
회색 돌 아래로 도전하듯 닿아 청명하게 메아리쳤도다.
분노에 불이 붙었도다. 보물 지킴이가 사람 목소리를
알아들었으니, 평화와 화해의
시간은 끝났도다. 괴물의 숨결이
뜨거운 전투의 화염 속에서 쏟아져 나오면서
바위에서 폭발했도다. 땅 아래로 우르릉거리는 소리가
들렸도다.
　동굴 저 아래에서, 베오울프는 무사로서
자신의 방패를 들어 올렸도다. 기괴한 것이　　　　　　　2560
몸을 비틀고 경련하면서 사악하게도
왕에게 몸을 돌렸는데, 그의 손에는
이미 날카로운 날을 세운 검, 오랜 권리로
물려받은 유산이 들려 있었도다. 두 적수 모두
분노에 치받쳐, 상대방에게 공포를 일으켰도다.
백성의 군주는 굴복하지 않고, 자신의 명분을
확신하며, 커다란 방패에 기대었고,
한편 뱀 같은 용은 똬리를 틀었다가 뻗으며 공격했도다.
그것은 불길에 휩싸여, 미끄러지면서
자신의 운명을 향해 달려갔도다. 그러나 그의 방패는　2570
그가 의도했던 것보다 더 짧은 시간 동안
고명한 지도자의 생명과 사지를 보호했도다.
그의 마지막 날은
운명이 전투에서 그에게 영광을 허락하지 않는
바로 첫날이었노라. 그래서 예아트족 왕은

손을 들어 번쩍이는 비늘을 향해
힘껏 내리쳤으나, 관통하지 못했도다.
날이 번쩍거리며 베기는 했으나 그 공격은
그 순간 심히 곤경에 처한 왕에게 필요한 것보다
덜 강했도다. 동굴 수호자는   2580
경련을 일으키며 죽음의 불꽃을 내뿜었도다.

베오울프의 검은 공격에 실패한다.

그가 그 일격을 느끼자, 전투의 불길이
파도치며 분출되어 나왔도다. 베오울프는
영광스러운 승리를 얻을 수 없었도다. 그전까지
흠 하나 없던, 반짝이는 칼이,
그가 뽑아 들었을 때, 실패했으니, 결코 그래서는 안 되는
일이었도다.
에키테오우의 아들로서, 그처럼 이 땅을 포기하고
저 너머 다른 집에
하는 수 없이 기거해야 한다는 것은
쉬운 일이 아니었도다. 그렇게 사람은 누구나   2590
빌린 날들을 포기해야 하느니.

베오울프의 무사들은 한 명을 제외하고 모두 안전한 곳으로
도피한다.

오래지 않아
무서운 적수들은 다시 충돌했도다.

보물 수호자는 기운을 내어, 숨을 들이쉬고
내쉬며 새로운 바람을 마셨도다. 한때 왕국을
다스리던 그는 화염에 내던져져 최악을 맞았도다.
고관 동료들로부터 어떤 도움이나 후원도
없었도다. 그가 직접 뽑은 용사들은
대열에서 벗어나 숲에서 안전한 곳을 찾아
살아 보려 도망쳤도다. 그러나 한 사람의 가슴에
슬픔이 가득 차올랐도다. 가치 있는 사람으로   2600
친족 간의 의는 부인할 수 없는 것이었도다.

비글라프가 군주 곁에 머문다.

그의 이름은 비글라프, 베오스탄의 아들로서,
높은 평가를 받는 쉴핑족 무사이고,
아엘페레의 친족이었도다. 자신의 군주가
뜨거운 투구를 쓰고 열기에 고통스러워하는 것을 보고
그는 자신에게 아낌없이 내려진 선물을,
그리고 자신이 웨그문딩족* 사이에서 얼마나 평안하게
살았는지를,
앞서 사신 아버지로부터 물려받은 재산 등을 기억했도다.

비글라프의 아버지인 베오스탄의 행동들에 대한 회상

그는 지체할 수 없었도다. 한 손에 노란 나무로 된 방패를

---

* 웨그문딩족(the Waegmundings): 스웨덴의 한 부족.

잡고
다른 손으로는 자신의 칼을 뽑아 들었으니 ── 2610
그 칼은 오테레의 아들 에안문드의 것이었는데,
그가 친구 하나 없이 망명객으로 있을 때
베오스탄이 그를 칼로 베어 버렸도다.
그는 잘 닦인 투구와 쇠사슬로 엮은 갑옷,
그리고 거인의 오래된 칼 등 무기들을 에안문드의
친족에게
가져다주었도다. 그러나 오넬라는 그 무기들을
그에게 돌려주었으니, 에안문드의 무기로
베오스탄에게 보상했도다. 그는 혈족의 복수,
에안문드가 형의 아들이었다는 사실을 무시했도다.

베오스탄은 평생 그 무기, 검과 갑옷을 2620
간직하였으니, 이윽고 아들이 아버지의 뒤를 이어
자신의 역할을 행할 때가 되었도다.
그는 늙어, 베아터예아트인들 사이에서 살아온
생의 막바지에, 수많은 무기들을
비글라프에게 물려주었다.
                          그리하여 지금 그 젊은이가
자신의 군주와 함께 전투에 참여한 것이니,
이는 무사로서 처음 시험받는 것이었도다.
그의 영혼은 꺾이지 않았고 조상으로부터 물려받은 검은
그 날을 세우고 있었나니, 용은 그들이
전투에서 맞붙게 되자마자 이를 알았도다. 2630

비글라프는 슬픈 마음으로 동료들에게
지혜롭고 유려하게 말했도다.
"나는 술이 넘쳐흐를 때
우리가 연회장에서 우리 군주께 충성을 맹세한 것을,
우리 값어치를 해낼 거라고 보물 하사자에게 약속한 것을,
그분의 요구가 있을 때는 언제든 저 검들과 투구 등
하사받은 무기들을 잘 사용할 것이라고
했음을 기억하오. 그분은 무사들 중 뜻을 갖고
우리를 택해, 우리에게 명예를 주시고 이 전투에 알맞다고
우리를 평가하셨으며, 나에게 이 과분한 선물을 주셨소.

2640

우리 모두 무장한 호족들 중
최고라 판단하셨기 때문이오. 그러니 지금,
비록 그분은 이 도전이 그 자신, 우리 땅의 목동이며,
영광을 추구함과 용맹하기로 이름난 데에
비견될 사람 없는 자인, 그 자신만이
홀로 직면해야 할 일이기를 바라지만, 이제 때가 왔소.
우리가 모시는 이 군주께 그분을 지지해 드릴 훌륭한
무사들이 필요한 때가 말이오. 자 그에게 가서,
뜨거운 불길과 불길에 대한 두려움으로부터
우리의 지도자를 도웁시다. 하느님이 증인이시니,   2650
무기를 지닌 채 집으로 돌아가기보다는,
나는 차라리 나의 몸이 나의 금 하사자의 몸과 같이
화염의 옷을 입기 바라오.

139

그것은, 우리가 먼저 저 적을 베어 버리고,
베아터예아트족의 왕을 보호하지 않는다면,
생각도 할 수 없는 일이오. 그분이 우리를 위해
한 일들은 더 좋은 평가를 받을 자격이 있소.
그분이 전투에 홀로 남겨져
쓰러져야 하겠소? 우리는 방패와 투구,
그리고 갑옷과 검을 들어 함께 뭉쳐야 하오." 2660

비글라프는 베오울프를 도우려 나아간다.

그런 다음 그는 무장하여 위험한 기미를 뚫고
왕에게로 나아가 다음과 같이 말할 따름이었도다.
"친애하는 베오울프시여, 무엇이든 하십시오,
당신이 젊은 시절 하고 싶다 말하셨던 것을,
살아 있는 한 결코 이름과 명성이 흐려지게 하지 않겠다
맹세하셨던 것을. 당신의 전적은 널리 알려져 있으니,
그러니 왕이시여, 단호하게 온 힘을 다해 당신의 생명을
지키십시오. 제가 당신 곁에 있겠습니다."

용이 다시 공격한다.

그 말이 끝나자, 용은 야만성을 돋우어
불을 끌어모아, 2670
자신이 싫어하는 적,
인간을 찾아 공격했도다. 화염이 방패에 옮겨 붙었고,
장식까지 그을려, 젊은 무사들의

갑옷도 소용없게 되었도다.
그러나 비글라프는, 그의 방패가
불꽃과 재로 변해 버렸을 때, 베오울프가 나누어 준
커다란 방패를 들고 잘 해냈도다.

또 다른 차질

영광을 생각하며
다시 기운을 내어, 전쟁의 왕은 온 힘을 다해
칼을 던져 일격을 가했고,
머리통을 쳤도다. 나엘링은 부러졌도다.   2680
베오울프의 오래된 회색 철검은
전투에서 그를 실망시켰도다. 철로 만든 무기의 날이
부러졌으니, 전투에서 검의 도움을 받는다는 것은
결코 그에게 따라오는 행운이 아니었도다. 그가 검을
휘둘렀을 때,
칼날에 피가 묻었든 날카롭게 벼렸든
그의 손힘이 너무 강해, 그가 한 번 내리치니, 내가
듣기로는,
그 칼이 망가질 정도였도다. 그는 아무런 이득도 취하지
못했도다.

용의 세 번째 공격으로 피가 솟구쳐 흐른다.

그리고 저 백성의 약탈자, 불을 내뿜는 용이,
세 번째 공격을 하려 광분했도다.

기회가 오자, 그는 불길을 쏟아 내어 2690
영웅을 손아귀에 쥐고, 그의 목에 날카로운
엄니를 박았도다. 베오울프의 몸이
그의 생명의 피로 흥건히 젖었더라. 생명의 피가 솟구쳐
나왔도다.

비글라프는 불길을 뚫고 공격한다.

그다음 벌어진 일이라니, 사람들 말로는, 베오스탄의
고귀한 아들이
그 옆에서 위험에 처한 왕을 보고,
타고난 대담함과 힘을 보여 주었도다.
그가 친족을 도와주었을 때,
손에 화상을 입었으나, 머리만은 괜찮았도다.
그는 적의 배 아래쪽을 찔렀고
그의 금장식 검이 그 배에 박히니 2700
화염이 약해졌도다.

베오울프는 치명적인 상해를 입힌다.

왕은 다시 한번
힘을 내어, 허리춤에 차고 있던,
전투를 위해 벼린, 칼을 뽑았도다.
그는 그 칼을 용의 옆구리에 깊이 찔렀도다.
베오울프가 치명적인 상처를 입힌 것이었도다.
그들이 적을 죽였으니, 용기가 그의 생명을 잠재웠도다.

친족 둘이, 고귀한 짝을 이루어,
적을 파멸시켰도다. 모든 사람은 그렇게,
필요할 때 손이 되어야 하는 것이로다. 그런데, 지금
왕으로서는
이것이 이 세상에서의 많은 업적과   2710
승리들 중 마지막이 될 것이었도다.

        그리고 땅의 방화자가
앞서 입힌 상처가 화끈거리고
부풀기 시작했도다. 베오울프는 곧
가슴 속에 치명적인 독이 부글거리고
구역질이 들끓는, 자신의 상태를,
현명하게도, 알아차리고,
간신히 성벽 위로 갔도다.
그는 거대한 바위들 위에서
차분히 응시하며, 토루가 기둥들 위에서
둥근 아치로 떠받쳐져 있는 모양새를 살펴보았도다.
그리고 비할 바 없이 선한 그 가신은   2720
자신의 손으로 군주의 상처를 씻고,
지친 왕을 물로 닦아,
그를 깨끗하게 하여, 투구를 벗겼도다.

     베오울프는 자신의 죽음이 가까웠음을 느낀다.

베오울프가 말했도다. 치명적인
상처를 입었음에도, 그는 이승의 생을
끝까지 다 살아 냈다 믿었으므로

차분하게 말했도다. 그에게 배정된 시간이
끝에 다다르고 있었고, 죽음이 가까이 와 있었도다.

그는 지난날을 돌아본다.

"만약 내게 후계자가 하나 있어, 그의 육신에 생을
물려주고
계속 존재할 수 있는 행운이 있었더라면, 바로 지금
나의 아들에게 이 군장을   2730
물려주고자 했으리라. 나는 50년 동안
이 나라를 통치했노라. 이웃 부족의
어떤 왕도 감히 나와 군대로
대적하려 하지 않았고, 누구도 나를 제압할 수 있는
힘을 지니지 않았도다. 나는 다가오는 것을 받아들여,
돌보고, 내 소유한 것들을 잘 지켰으며,
싸움을 일으킨 적도, 거짓으로
맹세한 적도 없도다. 이 모든 것이 나에게는 위안이지만,
나는 죽을 운명이고, 병들어 죽음을 향해 가는도다.   2740
내가 올곧게 살아왔으므로, 인류의 통치자께서는
내 숨결이 내 몸을 떠날 때 친족을 죽였다고
나를 결코 비난하시지 않을 것이로다. 친애하는
비글라프여,

그는 비글라프에게 보물을 살피고 그 일부를 갖고
돌아가라고 명한다.

144

어서 가라, 용이 보물로 인해 상처 입어
누워 있는 회색 바위 아래로.
서둘러 보물로 눈을 호사시켜라.
얼른 떠나라. 나는 저 오래된 금을 살피고,
저 정교한 보물들을 실컷 보고 싶노라.
보물을 보면, 나는 한결 편히 떠날 수 있을 것이고,
내 삶과 생애 오랫동안 유지했던 왕좌를 떠나는 것이   2750
덜 힘겨울 것이니."

비글라프는 용의 거처로 들어간다.

내 듣건대, 기력이 쇠하여 가는, 전쟁에 지친
제 군주의 말에 베오스탄의 아들은
얼른 복종하였도다. 그래서 그는 쇠그물 갑옷을 입고
바위로 겹겹이 싸인 동굴 지붕 아래로 내려가,
의기양양하게 승리를 구가하며, 앉은 곳 너머로
놀랄 만큼 매장된 수많은 보물들을 보았으니,
벽에 걸려 있는 보기에도 진기한 것들,
바닥을 가로지르며 반짝이는 황금,
새벽에 날아다니는 뱀의 소굴에   2760
오래전부터 내려온 술잔들과 그릇들이
흐릿해지고 부식된 채 쌓여 있었도다. 녹슨 투구들은
모두 다 부식되어 버렸도다. 사방에 정교하게 세공된
팔찌들이 있었도다. 땅속에 묻혀 있는 보물, 숨겨진
금붙이들이,
아무리 교묘했다지만, 어찌 그리 쉽게

사람으로부터 피할 수 있었는지!

그리고 그는 보았도다, 온통 금으로 된 군기(軍旗)가
보물들 위에 걸려 있는 것을.
그것은 금줄 세공의 명작으로, 빛을 내며
반짝이고 있어서, 그가 발아래를 보며   2770
가치 있는 것들을 헤아릴 수 있을 정도였도다. 용의 흔적은
남아 있지 않았도다. 검이 그를 처치한 것이로다.
이야기가 전하는 바로는, 어떤 사람이
저 태고의 구멍에서 보물을 훔쳐,
큰 병과 술잔들, 자신이 원하는 것들을
품에 넣었다 하도다. 또한 그는 군기들 중
가장 번쩍이는 군기를 가져갔도다.
                                   나이 든 왕의
날카로운 칼날이 이미 그 최악의 일을
행하였도다. 오랫동안 보물을 지키느라,
금덩어리 위를 떠돌아다니며,   2780
밤이면 밤마다 파도를 일으키듯 불을 내뿜던,
그자는 이미 살해되었도다.

                            비글라프는 보물들을 들고 돌아온다.

비글라프는 보물에 마음이 들떠,
황급히 돌아왔도다. 불안감이
그의 용감한 가슴을 무겁게 했도다. ── 그는 일찍이
탈진한 예아트족 군주를 남겨 두었던 그 탁 트인 곳에서

살아 있는 그의 모습을 보고 싶었도다.
그가 보물들을 들고, 그곳으로 가니,
생의 끝에서 피를 엄청나게 흘리며,
죽어 가는 그의 군주를 보았도다. 그는 다시   2790
그의 몸을 닦았도다. 왕의 가슴으로부터
말이 쏟아져 나오기 시작했도다.
늙은 왕은 슬픈 눈으로 보물을 가만히 쳐다보았도다.

베오울프는 고마움을 표하고 자신을 기릴
무덤을 만늘 것을 명한다.

"나는 바로 내 눈앞에서 이 보물을 보게 된 것에,
내가 죽는 날 나의 백성들에게 이 보물을
이렇게 잘 남기고 떠날 수 있도록 허락받은 것에
영원한 주님, 영광의 왕에게
감사드리노라.
지금 나는 내 마지막 숨으로
이 보물을 맞바꾸었으니, 그들이 필요로 하는 것을   2800
살피는 것은 그대들 몫이라. 나는 더 이상 버틸 수 없도다.
내 장작불이 차가워진 후, 나의 무사들에게
해안가 갑 위에 무덤을 세우라고 명하라.
그것은 흐로네스네스의 수평선 위에 희미하게 보여
내 백성들 사이에서 기념물이 되고
미래에 드넓은 어두운 바다를
배 타고 건너오는 선원들이
저것이 베오울프의 무덤이라 칭하게 될 터이다."

그런 다음 왕은 관대한 마음으로
목에서 금 목걸이를 풀어, 그것을   2810
젊은 가신에게 주고는, 갑옷과
투구와 함께 잘 사용하라 말했도다.

"그대는 우리들 중 마지막이자, 유일하게
남은 웨그문딩족이로다. 운명이 우리를 휩쓸어
나의 용감하고도 고귀한 친족들을 마지막 운명의 거처로
보내었도다. 지금 나는 그들의 뒤를 따라야 하노라."
그것이 그 전사의 마지막 말이었도다.
그는 더 이상 아무 말도 하지 않았도다. 장작불의
격렬한 열기가 그를 데려갈 것이로다. 그의 영혼은 그의
가슴에서 벗어나
변하지 않는 곳들 중 운명 지어진 장소로 사라졌도다.   2820

                                              용 역시 파멸되었다.

그처럼 존경했던 이가
땅 위에서 죽음의 고통을
지나는 것을 지켜보아야 하니
젊은 영웅에게는 괴로운 일이었도다. 끔찍한 파괴자,
지하의 용도 파멸되어 완전히
생명이 끊겨 누워 있도다. 겹겹이 쌓인 뱀 같은 용은

이제 더 이상 숨겨 놓은 금을 지키지 못할 것이로다.
망치로 두들기고, 날카롭게 벼린
단단한 칼날이 그를 끝장냈으니,
하늘의 방랑자는 저기 굳은 몸으로,   2830
보물 언덕 곁에 나지막하게 쓰러져 있도다.

그는 결코 다시는 제가 가진 보물에 의기양양하여,
한밤중 허공에서 빛을 발하면서 거침없이 활공하며, 자신을
과시하지 못할 것이로다. 그는 베오울프의
무기의 전투력으로 땅에 떨어졌나니.
내 듣기로는, 정말이지, 그들만큼
용감하고 대단한 사람들은 거의 없었노라,
저 독을 내뿜는 자를 대적해야 하거나,
보물 저장고 바닥을 뒤지다가, 깊은 동굴의 거주자가
눈 뜨고 지키고 있는 것을 알아차린다면   2840
버틸 수 있는 자는
거의 없을 것이로다.
                               베오울프의 죽음으로
보물을 획득하고, 구입한 값을 지불했도다.
그 둘 모두 빌린 삶을 지나
그 길 끝에 이르렀도다.

                        싸움에서 도망친 자들이 돌아온다.

오래지 않아

전투를 피한 자들,
이전에 자신들의 군주를 버린,
꼬리를 자른 자들 열 명이 숲에서 나왔도다.
군주가 그들을 가장 필요로 할 때, 그들은 달아났도다.
지금 그들은 부끄러워 전투복을 입은 채,   2850
방패로 가리고 나이 든 사람이 누워 있는 곳으로 왔도다.
그들은, 기진맥진 앉아, 군주와 어깨를 나란히했던
동료로서, 그에게 물을 뿌리며 깨우려 헛되이 애쓰는
비글라프를 지켜보았도다.
그는 간절하게 원했으나, 이 지상에서
자신의 군주의 생명을 보존하거나,
전지전능하신 하느님의 뜻을 바꿀 길은 없었도다.
신이 옳다 판결하신 것이, 오늘날 그러하듯,
모든 사람에게 일어난 일을 주관하시도다.

비글라프가 그들을 비난한다.

엄한 비난이 젊은 무사로부터   2860
비겁했던 자들에게 당연히 쏟아졌도다.
베오스탄의 아들, 비글라프가
경멸과 실망을 담아 말했도다.
"진리를 기꺼이 인정할 자세를 갖춘 이라면 누구나,
그대들에게 선물을 하사하시고 그대들이 입고 서 있는
군장들을 주신 백성의 주군께서, 투구와 갑옷을
연회장 의자에 있던 자들에게 나누어 주시고
연회에 있는 가신들을 멀리 있든 가까이 있든

가능한 최선을 다해 대접하셨던 것이,
무기들을 헛되이 내버리셨던 것임을,   2870
분명하게 알게 될 것이오.
전쟁이 일어났을 때 그런 일은 슬픈 낭비로다.
베오울프께서는 자신의 경비병들을
자랑할 이유가 전혀 없었소. 승자와 패자를 정하시는
하느님께서는
그분께 용기가 필요했을 때, 자신의
칼로 공격하도록 허락하셨소.
불길의 열기 속에서 내가 그의 생명을
보호할 길은 거의 없었소. 그러나 나는
그에게 가까이 갔을 때 새로운 힘이 샘솟는 것을 알게
되었소.
그리고 나의 검이 타격을 가해 더 약해진   2880
우리의 적에게 치명적인 공격을 가하자,
그의 머리로부터 나오던 불은 점차 약화되었소. 그러나
최악의 일이 일어났을 때
왕 주변에서 방어하는 자 거의 없었소.

                        그는 적들이 예아트족을 공격할 것이라고 내다본다.

그러니 그대들이 고향에서 알고 사랑하는,
관대한 손으로 전쟁의 검을 주신 모든 것들에
이제 작별을 고하노라. 나라 전체에, 토지 지분을 가진
그대들 모두, 그 땅을 박탈당할 것이오, 언젠가 먼 곳에서
온 왕들이

그대들이 어떻게 거부하고 도망쳤는지, 그래서
스스로 불명예스러운 자가 되었는지 알게 되면 말이오.
무사라면 수치스러운 삶을 사느니   2890
차라리 죽어 버릴 것이오."

베오울프의 죽음이 알려진다.

그러고 나서 그는 전투 결과를 절벽 위에 진을 치고 있는
무사들에게 보고하라 명했도다. 그들은 아침 내내
슬픈 마음으로 앉아, 자신들이 사랑하는 사람에 대해,
오늘이 그의 마지막인지
아니면 그가 돌아올 것인지
궁금해하고 있었도다. 절벽 꼭대기까지
말을 타고 간 전령사가 침묵하지 않고
진실을 말했도다. 그가 모두에게 크게 말했도다.
"지금 백성들의 자랑이자 사랑이신   2900
예아트족 군주께서 용의 공격으로 쓰러져
죽음의 침상 위에 누워 계시다.
그분 곁에는 그의 생명의 원수가,
검에 상처를 입고 누워 있다. 베오울프께서는 검으로
그 괴물에게 더 이상의 상처를
입힐 수 없을 정도였다. 베오스탄의 아들,
비글라프가 그 곁에 앉아 있으니,
살아 있는 무사가 고인이 된 무사를 지켜보면서,
서글픈 마음으로,
사랑받는 자와 혐오스러운 것을 지키고 있다.   2910

그는 프랑크족 및 프리시아족과의 싸움을 예견한다.

지금 우리의 조국에
전쟁이 닥치고 있으니, 곧 프랑크족과 프리시아족에게
왕이 죽었음이 널리
알려질 것이다. 휘엘락께서
함대의 우두머리로 프리에슬란드로 출정한 후
프랑크족들 사이에 증오심이 대단하였다.
그곳에서 헤트바레족들은 대단한 기세로
그분을 몰아붙이고 공격하여 그분을 제압하였다.
왕께서는 무장한 상태로 동료들 사이에서
쓰러져 낮게 누워 계시다. 왕께서는 동료들에게
선물을 하사하지 못하셨다. 메로베우스* 왕은   2920
그 후 우리의 적이 되었다.

스웨덴족 역시 옹겐테오우의 죽음에 복수하려 공격할
것이다.

나는 스웨덴으로부터 평화나
협정 수호를 기대하지 않는다. 기억하라.
예아트족 사람들이 자만심으로
잔혹한 쉴핑족 사람들을 공격했을 때
라벤스우드에서 옹겐테오우가 흐레텔의 아들,

* 메로베우스 왕(The Merovingian King): 5세기경부터 8세기경까지 프랑스 지역을 지배한 프랑크족의 왕.

153

하에트쉰을 살해했다는 것을.
오테레의 부친이
즉각 반격을 가했다. 늙고 사나운
옹겐테오우가 바다 왕*을 죽이고   2930
금반지를 빼앗긴 자신의 늙은 아내,
오넬라와 오테레의 어머니를 구했던 것이다.

옹겐테오우가 라벤스우드에서 행한 마지막 싸움:
예아트족의 무력을 궁지로 몰았다.

그 후 그는 적의 발꿈치를 끝까지 쫓아
두목 잃은 그들을 운 좋게도,
라벤스우드 안으로 가까스로 도망치도록 몰아갔다.
그의 부대는 그들이 부상을 치료하고 있었던 곳에서
지친 잔여병들을 포위했다. 밤새
그는 저 웅크려 있던 생존병들을 협박했고,
새벽이 되면 그들 몸을
도끼로 찍어 버리겠다고, 새들 먹이로   2940
나무에 대롱대롱 매달겠다고 맹세했다. 그러나 첫날
그들의 사기가 떨어졌을 때, 위로가 찾아왔다.
그들은 휘엘락의 나팔 소리,
그들을 찾으러 와 부르는 트럼펫 소리를 들었다.
영웅이 군대를 이끌고 바로 가까이에서 찾고 있었던
것이다.

---

* 바다 왕: 하에트쉰을 가리킨다.

휘엘락이 궁지에 몰린 예아트족의 무사들을 구했다.

스웨덴인들과 예아트족이 서로
찔러 사방이 피 떡칠로 뒤덮였다.
그 누구도 그들의 살인적인 증오를 안 볼 수 없었다.

옹겐테오우는 후퇴했다.

그러자 그 노인은 먼저 나서서,
물러섰고, 백성들을 안에 두고 성문을 막았다.   2950
옹겐테오우는 더 높은 지대로 물러섰다.
전투사로서 휘엘락의 자부심과 용맹스러움은
고관들에게 알려졌다. 그는 선원들 무리에
대항하여 아내와 사랑하는 사람들을
공격의 충격으로부터 보호할
자신이 없었다. 그는 흙벽 뒤로
물러섰다. 그러자 휘엘락께서 궁지에 몰려 있던
스웨덴인들을 공략하여, 그분의 군기들이
그들의 도피처 안으로 떼로 몰려왔고, 그분의 예아트족
군사들은
그 진용을 파괴하러 쳐들어왔다.   2960

스웨덴족의 왕은 목숨을 걸고 싸웠다. 그는 울프의 공격을
받고 되받아치지만, 울프의 동생인 에오포르에게 죽었다.

그곳에서 머리카락 희끗한 옹겐테오우는
구석에 몰려 검으로 둘러싸였다.
그리고 왕의 운명이
에오포르의 수중에 놓이게 되었고, 그는 혼자 남았다.
본레드의 아들인 울프가 노기등등하여 그에게 덤벼들어,
그의 몸을 갈랐더니, 피가 그의 머리카락 아래에서
솟구쳐 올랐다. 나이 든 영웅은
겁내지 않고, 재빨리 피하면서,
더 강한 일격으로 반격을 가했다.
왕이 몸을 돌려 그를 제압한 것이었다.   2970
본레드의 아들, 용감한 울프는
노령의 왕에게 일격을 가하지 못했다.
옹겐테오우가 투구를 반으로 갈라
그의 머리를 찌그러뜨리고 피범벅이 된 머리를 숙이게
하고는
바닥에 쓰러뜨렸다. 그러나 그의 운명은 아직 끝나지
않았다.
그는 깊게 찔렸지만, 다시 회복되었다.

자신의 형제가 쓰러지자, 휘엘락의
대담한 가신, 용감한 에오포르는 검을 들고
치켜든 방패 너머 묵직한 투구를
사정없이 뭉개 버렸다. 그러자 왕은 무너졌고,   2980
백성의 목동은 생명이 잘려 나갔다.

　　　　승리를 거둔 예아트족 무사들은 집으로 돌아왔다.

많은 이들이 울프를 도우려 서둘렀는데,

그에게 붕대를 감기고 그를 일으키니,

이제 그들은 피를 한껏 머금은 전쟁터의 살아남은 대가가

되었도다.

한 무사가 다른 무사를 약탈하니,

옹겐테오우의 철갑 옷, 그의 단단한 검과

투구들을 훔쳐 내어, 그것들을

휘엘락 왕에게 가져갔다.

그는 그 전리품들을 받고 잘 보상하겠노라

약속하고, 그대로 지켰다.   2990

에오포르와 울프가 고국으로 돌아오자

그들의 용감한 전적에 대해 흐레텔의 아들이자,

예아트족인 휘엘락으로부터 토지와

값어치 있는 재산인 고리로 엮은

반지들을 받았다. 그들은 명예를 얻었으므로,

누구도 그분의 관대함에 비난하지 않았다.

그리고 그분은 에오포르에게 외동딸을 주어

그와 함께 살게 했으니, 명예이자 결연이었다.

스웨덴족이 곧 보복할 것이라고 전령사가 예언한다.

그러므로 우리와 스웨덴인들 사이의 이런 불화와

악의적인 증오가, 내 확신컨대,   3000

되살아날 것이다. 그들은 베오울프께서 돌아가신 것을

알면

우리의 국경을 넘어
무력으로 공격해 올 것이다. 과거 우리의 무사들이
쓰러지고
우리가 보호받지 못했던 시절,
그는 우리의 재산과 왕국을 안전하게 지켰다.
그는 백성을 위해 일했을 뿐만 아니라
영웅처럼 행동했다.

베오울프가 죽고 비극적인 미래가 기다리고 있다.

우리는 지금 서둘러

왕을 마지막으로 살피고,
우리의 군주이자 아낌없는 보물 하사자를
장례의 길로 모셔야 한다. 왕의 장작이   3010
결코 적지 않은 양의 금을 녹일 것이다.
저곳에 쌓여 있는 보물들은, 엄청난 대가를 치렀으니,
그가 마지막에 자신의 생명을 지불한 보물 더미는
불속으로 내던져져
불꽃과 함께 사라질 것이다. 어떤 추종자도
보물로 치장한 기억을 갖지 않을 것이며,
어떤 아름다운 여성도 보물을 차거나 자신의 목에
목걸이로 걸지 않을 것이다.
그러나 이따금, 그들 지도자의 웃음이 잠잠하고,
즐거운 영혼이 잦아든 지금, 그들은 반복해서,
슬픔에 고개 숙이고, 희망을 잃고   3020
망명의 길을 걷게 될 것이다. 만지기에 차가운

많은 창들이 내려놓이다
높이 흔들리게 될 것이다. 휘몰아치는 하프 소리는
무사들을 깨우지 않을 것이고, 오히려 죽은 자 위를
음울하게 나는 까마귀가 소식을, 그가 어떻게 속이고
먹어 치웠는지를,
늘대와 그가 어떻게 죽은 자를 재빨리 먹어 치웠는지를
독수리에게 전할 것이다."

이것이 용감한 자가 알려 준
일련의 암울한 소식이었도다. 그가 말하고
예상한 것에 틀린 것이 거의 없었도다.   3030
                          모든 무사들이 눈물 흘리며
일어섰고, 그 이상한 장면을 향해
에아르나네스* 아래로 갔도다.
그곳, 모래 위에서, 그의 영혼이 그를 떠났고,
그들은 보물 하사자가 지나간 날들로부터 떠나
휴식을 취하는 것을 보았도다. 위대한 사람은
마지막 숨을 쉬었도다. 베오울프 왕은
놀라운 죽음을 맞았도다.

                                    예아트족은 사체 둘을 본다.

그러나 그들이 처음 본 것은 훨씬 더 낯선 것이었도다.
섬뜩하게 소름 끼치는 뱀이 땅 위에

---

* 에아르나네스(Earnaness): 남부 스웨덴에 있는 곳으로, 이 작품에서는
베오울프가 용을 죽인 장소.

그와 마주하고 누워 있는 것이었도다. 불의 용이   3040
불에 타 끔찍하게 온갖 색깔로 그을려 있었도다.
머리에서 꼬리까지 전체 길이는
50피트였도다. 한때 밤하늘을 어른대며
날아다니다가, 자신의 소굴로
날아 돌아오곤 했도다. 그런데 지금은 죽음이 그를 붙잡고
있으니,
그는 결코 다시는 자신의 지하 동굴로 들어갈 수 없도다.
그 옆에 세워진 술잔들이며, 쌓여 있는 접시들이며,
술병들과 귀중한 검들은 녹에 부식되었으나,
일천 번의 겨울 동안 지하에 있던
그대로 놓여 있었도다.   3050
오랜 선조로부터 물려받은
거대한 은닉물, 금은 마법에 걸려 있었도다.
즉 하느님 자신, 인류의 보호자이자
진정한 승리의 왕이 그의 마음에 드는 자,
그가 보기에 그럴 만한 자격이 있는 자에게
보물들을 열도록 허락하지 않는 한
아무도 그 보물 창고에 들어갈 수 없었도다.

바위 아래 보물들을 잘못 숨겼던 자의
희망은 무(無)로
끝났도다. 용이 사람들 중 먼저   3060
바로 그 사람을 죽였고, 그다음 차례인 이가 혹독하게
보복하고,
증오를 해결했도다. 무사는 자신의 행동으로

널리 알려질 수도 있지만, 어느 곳에서 그의 삶이
끝날지, 언제 그가 자신의 무사들 사이 연회장에서
더 이상 살 수 없을지 아무도 알지 못하도다.
이는 보물 지킴이의 잔혹함과 교묘함을 대면했을 때
바로 베오울프에게도 그러했도다. 그는 자신의 이생과의
작별이 어떻게 일어날지 스스로 알지 못했도다.
보물을 그곳에 숨겨 둔 고귀한 가문의 군주들은
그것을 훔친 자 누구든 잘못을 저지른   3070
죄인 되어, 그것을 훔친 죄로
최후의 날까지 저주받을 것이며
이교도의 신전에 갇힐 것이라 선언했도다.
그러나 베오울프는 황금 보물을 처음 보았을 때
전혀 이기적이지 않았도다.

비글라프는 베오울프의 운명에 대해 생각한다.

베오스탄의 아들, 비글라프는 말했도다.
"한 사람이 자신의 의지대로 행할 때 종종
많은 이들이 상처 입곤 하오. 이런 일이 우리에게
일어났소.
황금 지킴이를 자극하지 말고,
오랫동안 익숙하게 지내던 곳에 그대로 있게 하여,   3080
세상이 끝날 때까지 지하에 숨겨 두자는,
우리 땅 수호자인 친애하는 왕에게 드린
우리의 충고는 전혀 그분을 설득하지 못했소.
그분은 자신의 고귀한 운명을 따랐소. 보물 창고는 다

드러났지만,

엄중한 대가를 치렀소. 왕이 저렇게 대면하도록
한 것은 너무나 잔혹한 운명이었소.
나는 동굴 안에 쌓인 것들을
전부 보았소. 지하 벽 아래에
어떤 것도 나를 환영하며 기다리고 있지 않았지만,
나는 들어갔소. 나는 서둘러   3090
쌓여 있는 보물들 중 값어치를 매길 수 없는
보물들을 손으로 모아 왕이
보실 수 있는 곳까지 가져왔소. 그분은 아직
살아 계셨고, 의식도 있었으며, 점점
약해지고 계셨으면서도
많은 당부를 하셨소. 그분은 그대들에게
인사를 전해 달라 하셨고, 장작더미 터에
왕관처럼, 당당한 위치에 무덤을 세워,
그분의 기념관으로 삼으라 하셨소. 지상에서
살며 번성하고 다스린 모든 사람들 중
무사로서 그분의 가치와 자격은 가장 출중했기 때문이오.
                                                            3100

비글라프는 베오울프의 마지막 소망을 전달한다.

자, 이제 서둘러 가서 동굴 벽 아래에 있는
저 놀라운 보물들을 보며
눈호강을 합시다. 그대들이 많은 금반지들과
판금이 쌓인 보물 더미들 가까이 갈 수 있도록

내가 길을 안내하겠소. 상여를 만든 다음
우리가 그곳에서 나올 때까지 서둘러 준비하여
우리의 군주, 우리의 친애하는 분의 시신을
전지전능한 하느님의 돌보심 속에서
그분이 오랫동안 기거할 곳으로 모셔 갑시다."

비글라프는 장례식 장작을 마련하라고 명한다.

그런 다음 베오스탄의 아들은, 끝까지 단호하게   3110
저택의 소유자들, 나라에서 중요한
많은 백성들에게
선량한 사람을 위한 장작으로 쓰도록
멀리에서 나무들을 가져오라 명했도다.
                    "이제 화염이 전장의
우리 지도자를 불태우리니, 활시위에서 쏟아진
화살 폭풍우가 방패 벽을 공격했을 때, 쇠사슬 갑옷을 입고
땅 위에 서 계시던 그분의 주변을 검은 불꽃이
감쌀 것이오. 화살이 그의 집을 쳤소.
그것은 깃털 달린 화살촉을 지느러미 삼아 날아갔소."

그는 일곱 무사를 데리고 보물 저장고로
보물들을 가지러 간다.

그다음 베오스탄의 현명한 아들은   3120
왕의 무사들 중

일곱 명을 뽑았도다. 그는 최상의 무사들을 선택하여,
그들의 여덟 번째 무사로서, 그들과 함께,
하느님의 저주를 받은 곳 아래로 들어섰도다. 누군가
횃불을 들어 올려 길을 안내했도다.
누가 보물 저장고를 노획할지 제비뽑기할
필요가 없었도다. 왜냐하면 보물들 전부
방에 나와 있어 보호되지 않은 채
가져가도록 놓여 있었기 때문이었도다. 아무 문제 없이
서둘러 작업하고 그 값어치를 매길 수 없는   3130
보물더미를 꺼내었도다. 그들은 용을
절벽 꼭대기 너머로 던져, 파도가
보물 지킴이를 삼켜 버리게 했도다.
그리고 금으로 꼬아 만든 수많은 것들을
수레에 싣고, 회색 머리칼의 지도자,
상여에 실린 왕을 흐로네스네스로 운반했도다.

베오울프의 장례식

예아트 백성은 베오울프가 명한 대로
장작더미를 만들어 네모 반듯이 설 때까지
장작을 쌓고 꾸몄고, 그 위로 투구와 무거운 전장 방패와
빛나는 무기들을 걸어 놓았도다.   3140
그리고 그의 무사들은 그를 중앙에 놓고,
멀리 명성을 떨치고 사랑받은 그들의 지도자를 애도했도다.
그들은 높은 곳에서 가장 커다란
장례식 불을 지폈도다. 나무 연기가 어둡게

하늘로 치솟았고, 불꽃이 울부짖으며
그들의 울음을 묻어 버렸고, 바람이 잦아들고
불꽃이 뜨거운 뼈의 집을 속속들이 태워
다 무너뜨렸도다. 그들은 위안받을 길 없이
지도자를 잃은 것에 크게 애통해했도다.

한 예아트족 여성의 두려움

한 예아트족 여성은 슬픔에 겨워 노래를 불렀도다.　　3150
머리칼을 틀어 올려, 자신의 가장 힘겨운
두려움, 악몽과 한탄을 장황하게
토로했도다. 침략받은 나라,
학살된 적들, 높이 쌓인 시체들,
노예와 모욕을. 하늘이 연기를 삼켜 버렸도다.
그런 다음 예아트족 백성들은 언덕 위에
무덤을 세우기 시작했도다. 높다랗고 당당한, 그래서
선원들이 멀리에서도 잘 볼 수 있는 표지이니,
열흘이 지나 그들은 그 일을 모두 마쳤도다.
그것은 그들의 영웅에 대한 기념물이었도다.　　3160

베오울프의 무덤

그들은 불에 타고 남은 것을
담 너머 안쪽에 보관하였으니, 그들의 솜씨로 할 수 있는 한
가장 그에게 걸맞도록 한 것이었도다.
그리고 그들은 무덤 안에 목걸이와 보석들,

그리고 한때 무단 침입한 자들이 보물 저장고에서
감히 가져가려 했던 것들을 묻었도다.
그들은 땅으로 하여금 오래된 보물들을 지키게 하고,
금을 자갈 아래 두어 흙으로 돌아가게 하여,
애초에 그러했듯 사람들에게는 소용없는 것이 되게
하였도다.

백성들의 슬픔

그런 다음 열두 명의 무사들이 무덤 주변을 돌며,
족장의 아들, 전장의 대장들인 그들은,   3170
모두 슬픔으로 비통하여, 애도의 노래를 부르고,
사람으로서 왕으로서 그를 잃은 것을 애도했도다.
그들은 베오울프의 영웅적 품성을 칭송하고,
그의 위대함에 감사했도다. 이는 매우 적절한 일이었으니,
그가 육신의 집으로부터 떠나야만 하는 순간이 왔을 때,
경애하는 주군을 소리 내어 기리고 그의 기억을
마음에 소중히 품는 것은, 사람으로서 마땅히 해야 할
일이로다.
그래서 예아트족 백성들, 그의 가문의 벗들은
낮게 내려 놓은 왕을 향해 슬퍼했도다.
그들은 이 지상의 모든 왕들 중 그가 가장 자애롭고   3180
공정한 마음을 지녔으며, 백성에게 가장 친절하고
간절히 명예롭고자 한 분이었다고 칭송했도다.

언어의 첫 지층으로 돌아가[1]

셰이머스 히니

그리고 지금 이것이 '유산'이다 ─
오래전, 곧바르게, 기초적인, 흔들리지 않게 판자를 댄,
앞을 향해 다시 다시 그리고 다시

의지를 발휘할 수 있는.

베오울프: 시

『베오울프』라고 불리는 시 작품은 7세기 중반에서 10세기
후반 어느 시점에 오늘날 소위 앵글로색슨어, 또는 고대영어라고
부르는 언어로 쓰였다. 영웅적 이야기체로 된 이 작품은
3000행 이상이며, 스칸디나비아의 왕인 베오울프의 행적에
관한 것으로서 영어로 된 시 작품들 중에서도 기본으로
손꼽힌다. 그러나 영어가 지난 1000년 동안 상당한 변화를
겪어 왔기에 오늘날 이 작품은 사실상 일반적으로 번역으로,
그리고 대개는 학교나 대학교 영문학 교과과정의 하나로
읽힌다. 이 점은 (오시프 만델슈탐[2]이 『신곡』[3]에 대해 말한 바

---

1) 셰이머스 히니가 현대 영어로 『베오울프』(2000)를 번역한 데 부친 원서의
「서문(introduction)」.
2) 오시프 만델슈탐(Osip Mandelstam, 1891~1938): 폴란드 출신의 유대계
러시아 시인. 스탈린 시대 러시아에서 시인으로 활동하다 시베리아로 유형
가는 도중 사망했다.
3) 이탈리아 시인 단테가 1472년에 발표한 작품.

있듯이) 이 작품이 '공공의 문서'로 쓰였다는 인상을 강화해
주지만, 이는 바람직하지 않다. 왜냐하면 우리가 다루려는
것은 대단한 상상력의 생동감을 지닌 작품, 즉 이야기 구조가
그 언어의 아름다운 배열만큼이나 정교하게 쌓인 걸작이기
때문이다. 그 서술적 요소들은 이전 시대에 속할 수도 있지만,
예술작품으로서는 우리가 알고 있는 오늘날의 현실과 동일한, 그
자체로 연속적인 현재에 살아 있다.

　베오울프는 영국에서 쓰였지만 묘사하는 사건들은
스칸디나비아의, 일부 역사적인 '옛날'의 것으로 설정되었다.
주인공 베오울프는 오늘날 남부 스웨덴, 예아트족의 나라에서
가장 커다란 존재인데, 작품 초반에 그렌델이라는 사람 잡아먹는
괴물을 없애려고 바다 건너 데인족의 나라로 간다. 그렌델의
어미와 치르는 두 번째 결투를 포함한 모험에서 승리한 그는
고국으로 돌아와 결국 왕이 되어 50년 동안 통치한다. 그런데
용이 나라를 공포에 몰아넣어 베오울프는 용에 맞서야만 하게
되었다. 그는 마지막 절정을 이루는 대결에서 용을 처치하나
자신도 죽음을 맞이하고, 백성들 사이에 고귀한 명성을 지닌
무사의 전설로 남는다.

　이 작품은 단 하나의 판본만 남아 있기 때문에 다소 우연히
알려지게 되었다. 이 독특한 판본(지금은 영국도서관에 소장되어
있다.)은 18세기에 일어난 화재에서 겨우 살아남아 그 당시
필사되고, 제목이 붙여져 다시 기록되고 편집되었다. 그리고
정본이 될 때까지 번역, 조정, 재해석되는 과정을 거쳤다. 이
작품은 수십 년 동안 세계 각지 대학교에서 영문학 교과과정에
붙박이로 포함되었다. 많은 영문과에서 이 작품을 원래 형태로
가르쳐야 한다고 요구하고 있으나 이에 저항하는 움직임도

있는데, 가장 두드러지는 곳이 옥스퍼드대학교다. 이곳에서는
최근 몇 년간 영문학 교과과정의 필수 작품으로 『베오울프』를
포함시킬 때 얻는 장단점에 대해 꾸준히 논의하고 있다.

여러 세대 동안 학부생들에게 있어서 이 작품을 학문적으로
연구하는 것은 대개 그 의미를 파악하고, 앵글로색슨어의 문법과
어휘를 이해하여, 시험에 나오는 임의의 발췌문들이 무엇인지
알아내 번역하고 기술할 수 있도록 하는 것이었다. 여러 세대에
걸쳐 학자들의 관심도 텍스트와 언어학적인 측면에 있었다.
그리고 비유와 출처에 대한 연구의 일환으로 북유럽 국민들의
민속 및 신화에서 『베오울프』의 일화와 상응하거나 예시하는
이야기와 일화에 대한 연구가 이어져 왔다. 또한 학자들은
언어적, 문체적, 그리고 필사의 세부 항목들에 세심하게 주목하여
작품이 쓰인 시대와 장소를 알아내기에 관심을 기울였다. 보다
일반적으로 말하자면, 그들은 시인이 계속 인유하는 스웨덴족,
예아트족, 그리고 데인족의 역사와 왕조의 계보를 규명하려 했다.
그리고 학자들은 작품 배후의 세계관을 이해하는 데 집중했다.
시인은 영웅의 명예 규범이 지배하는 이교도의 게르만 사회, 사후
운명에 관심을 두기보다 살아 있는 사람들 사이에서 용맹스러운
무사로서 명성을 얻는 것을 우선하는 사회에서 시적 상상의
편안함을 느끼는데, 학자들은 시인이 작품을 고안할 때 세상에
대한 기독교적 이해로 인해 그 사회로부터(있기나 하다면)
얼마만큼 멀어지는지 질문하기도 한다.

그런데 『베오울프』를 문학작품으로 고려할 때, 두드러지게
눈에 띄는 출판물이 있다. 1936년 옥스퍼드대학교 학자이자
교수였던 존 로널드 루얼 톨킨이 「베오울프: 괴물들과
비평가들」이라는 제목의 획기적인 논문을 출판했던 것이다.

톨킨은 이 논문에서 『베오울프』의 예술 작품으로서의 통일성과
독특함을 당연한 것으로 인정하고, 나아가 그 통일성과 독특함이
무엇인지 드러내고 있다. 톨킨은 이 작품의 시인이 전수받은
놀라운 요소들과 영웅들의 과거에 대한 전통적인 이야기와
더불어 독창적인 직관과 의도적 구성의 결합을 통해 완결된
효과와 균형 잡힌 질서를 획득했다고 보았다. 달리 말해, 톨킨은
『베오울프』 시인이 19세기의 민속과 언어학에서 과거를 가져와
되돌이켜 만드는 유형의 시인이라기보다는 상상력 풍부한
시인이라고 여겼다. 톨킨의 명석한 문학적 접근으로 이 작품에
대한 평가 방식이 바뀌어 새로운 방식으로 새롭게 감상하는
시대가 시작되었다.

『베오울프』에 대한 이러한 논평과 해명의 광대한 역사를
재추적하지 않고는 이 작품을 온전히 이해하고 평가할
수 없다. 그런데도 이 작품을 처음 읽는 독자들은 이상한
이름들과 참고할 만한 점들이 전혀 없다는 것에 불편해하지만
그만큼 재미도 느낄 수 있다. 『일리아스』나 『오뒷세이아』, 또는
『아이네이스』를 처음 접하는 영국 독자는 아마 적어도 트로이나
헬렌, 또는 페넬로페[4]나 키클롭스[5], 그리고 디도[6]와 황금가

---

4) 페넬로페(Penelope): 호메로스의 『오뒷세이아』에 등장하는 오뒷세우스의
성실한 아내.

5) 키클롭스(Cyclops): 그리스 신화에서 여러 거인들 중 한 명으로 이마
한가운데 눈이 있다.

6) 디도(Dido): 그리스 신화에 등장하는 여성으로서, 동생이 자신의
남편을 죽이자 동생의 위협을 피해 아프리카 북단 카르타고로 도망쳐
이곳의 일부를 이아바스(Iabas)로부터 구입하여 정착, 도시국가를 건설했다.
나중에는 이아바스의 청혼을 거절하다 장작을 쌓아 놓고 자살했다.
베르길리우스는 『아이네이스』에서 이 이야기를 변형하여 그녀가 죽은 것은
아이네이아스로부터 버림받았기 때문이라고 설정했다.

지[7)]에 대해 들어 본 적 있을 것이다. 이 서사시들은 그리스어와 라틴어로 쓰였으나, 그 고전적 유산은 영국인의 문화적 기억에 너무나 완벽하게 각인되어, 그들의 세계는 그보다 몇 세기 후 영어로 작성된 최초의 이야기체 서사시보다 더 친숙하다. 아이스킬로스는 들어 본 적 있지만, 실드 세아프손은 그렇지 않다. 이타카[8)]는 어떤 방향으로 정신을 이끌지만, 헤오로트는 그렇지 않다. 쿠마에의 시빌[9)]은 어떤 연상 작용을 자극하지만, 사악한 여왕 모드트뤼트는 그렇지 않다. 『베오울프』를 처음 읽는 독자들은 곧 '암흑의 시대'라는 말의 의미를 재발견하는데, 나는 독자들이 느낄 수밖에 없는 당혹스러움을 없애려고 이어지는 몇 쪽에서 사소하나마 주석을 덧붙였다.

그러나 불투명한 자료의 '방패 장벽'과 오래되고 낯선 '말 저장고' 사이에 사로잡혀 있다는 느낌에도 불구하고, 독자들은 또한 어떤 '새로운 충격'을 느낄 것이다. 이것은 이 작품이 신화적 가능성을 지니고 있기 때문이다. 실드 세아프손처럼, 그것은 우리 경험의 영역 너머 어딘가에서 왔다가 (다시 실드처럼) 그 목적을 달성하고, 다시 저 너머로 사라진다. 그 사이 시인은 작품을 실드의 장례 배가 수평선을 향해 떠나가는 것처럼 머나

---

7) 황금가지: 베르길리우스의 『아이네이스』에서 아이네이아스는 죽은 아버지를 만나려고 지하 세계로 가려 하는데 이때 꼭 필요한 것이 황금나무 가지다.

8) 이타카(Ithaca): 오디세우스의 고향.

9) 쿠마에의 시빌(Sibyl of Cumae): 이탈리아 남부에 있는 쿠마에에서 아폴로의 신탁을 집행하는 무녀다. 시빌은 아폴로에게 영원히 살 수 있게 해 달라고 청원하나 늙지 않도록 해 달라는 조건 달기를 잊어버렸다. 그래서 그녀는 목숨을 부지하기는 하지만 계속 늙고 쇠해 가 결국 한 줌도 안 되는 몸으로 천 년을 살았다고 알려져 있다.

먼 것으로, 흐로트가르 연회장의 뿔 솟은 지붕들처럼 당당하게,
마지막에 불타오르는 베오울프의 장례식 장작처럼 엄숙하고
휘황찬란하게 길어 올린다. 이 첫 장면과 마지막 장면은 마음속에
잊을 수 없는 존재성을 획득한다. 그것들은 조각으로 제시되지만
어떤 꿈을 지닌 삶의 표식처럼 힘을 지닌다. 그들은 뿔의 문[10]의
기둥들과 같아, 그 문을 통해 진실한 예술의 현명한 꿈들이
지나간다고 여전히 말할 수 있는 것이다.

그 사이에 예이츠가 '환등상(phantasmagoria)'이라고 칭한 것이
발생한다. 세 번의 경연, 바로 주인공의 적들이 지닌 초자연적인
악의 힘이 그 앞에 악마의 형태를 띠고 튀어나와 벌이는
세 번의 싸움이 그것이다. 즉 비평문학과 교재의 주석들이
'괴물들'이라고 칭하는 것들과의 세 번의 대면이다. 그리고 세
가지 두려움의 원형적 장소가 등장하는데 철벽으로 방어된
밤의 집, 더러운 수면 아래의 물결, 그리고 파충류가 출몰하는
야생의 바위들이다. 이러한 방식으로 생각해 보면, 이 작품이
세계 예술에서 갖는 위치는 더 분명하고 더 확실해진다. 우리는
이 작품이 일본 분라쿠[11] 극장에서 공연으로 무대화되는
것을 떠올릴 수 있는데, 이 공연에서는 꼭두각시 인형들과 시
작품은 서로 조력하고, 총천연색의 장관과 의례적 노래들이
융합된다. 마찬가지로 이 작품을 (이미 적어도 한 번은 이렇게
만들어진 적이 있다.) 돌연변이적인 그래픽과 위협적인 스테레오
음향으로 가득한 만화영화로 상상할 수도 있다. 어쨌든 우리는
'괴물'이라는 단어가 지니는 약간은 비현실적인 효과를

---

10) 뿔의 문(gate of horn): 호메로스의 『오뒷세이아』에서 묘사된, 진실한
꿈이 나오는 문.
11) 분라쿠: 일본의 전통 인형극.

172

피하면서도, 앵글로색슨 영국의 안개 자욱한 황무지 아래로,
세 번째 천년을 맞는 지구촌을 향해 미끄러지듯 나아갈 새로운
기회를 이 작품에 부여할 수 있는 것이다.

그러나 꿈의 요소나 전반적으로 계속 출몰하는 힘으로
인해 독자는 얼마간 대가를 치른다. 이 작품에는 준비되지
않은 독자를 당혹스럽게 할 구절들로 가득하다. 베오울프의
주요 이야기를 향해 묘사해 나아가면서도 옆길로 비켜 간다.
잠깐 동안 우리가 마치 다른 시 작품으로 채널을 돌린 것처럼
서술된다. 그래서 나는 이 번역의 두 지점에서 고딕으로 표기한
것 외에도 속도를 약간 빠르게 하고 음률을 짧게 하여, 사실상 이
작품 안에 다른 작품이 포함되어 있음을 나타냈다. 그 구절들은
883행부터 914행까지, 1070행부터 1158행까지이며, 각각의 경우
음유시인이 베오울프의 무공을 찬양하는 자리의 한 순서로 시를
낭송한다.

첫 번째의 경우 음유시인은 시게문드가 용을 무찌르고
승리하는 것을 이야기로 칭송하는데, 이는 베오울프가 그렌델에
승리하는 것과 병행하고, 그가 나이 들어 '용'과 치명적으로
대면하는 것을 미리 형상화한다. 두 번째의 경우는 한때
'이탈'이라고 칭했던 가장 유명한 장면이다. 이 장면은 프리시아
왕 핀의 본거지에서 데인족과 프리시아 사람들이 벌이는 전투를
다룬다. 여기서 음유시인의 노래는 영웅의 당면한 상황과
확실하게 연관된 것은 아니나, 이 작품의 역사적 세계와 상상의
세계 모두에서 매우 중요하다.

'핀의 일화'는 우리를 명예에 얽매인 동시에 피에 물든 사회로
뒤덮는다. 그 사회는 피의 복수 법칙에 지배받는 사회로서,
살해된 자의 혈족은 살해자를 죽이거나 법적으로 확정된 '인간

대가(wergild)'의 형태로 보상받으며 죽음에 대한 값을 받아 낸다. 이 간막극의 대단원적이며 파멸을 예고하는 분위기로 인해 독자들은 핀 이야기 속 인물들뿐만 아니라 『베오울프』의 주요 사건에 등장하는 이들에 대해서도 'wyrd', 즉 운명이 인물들에게 어떤 의미를 지니는지 강렬한 암시를 받게 된다. 인물들은 모두 필연의 커다란 바퀴 속에 얽매여 있는 존재다. 그들은 충성과 배반의 코드에 사로잡혀, 무사들의 세계에서 영광을 추구해야만 하는 존재로 자신을 인식한다. 작은 부족국가들이 군주 주변에 집단으로 모이고, 더 큰 민족은 전쟁을 갈망하여 작은 나라에 해를 끼치며, 군주가 죽어 무방비 상태를 이어 가다 적으로부터 공격당한다. 죽은 자를 위한 복수는 살아 있는 자가 행해야 할 도리다. 피는 더 많은 피를 부르고, 한번 돌기 시작한 바퀴는 세대에 걸쳐 계속 밟고 밟아 돌아가게 된다. 이것이 바로 내가 앞서 이야기한, 핀 이야기의 의미가 이 작품 전체의 역사적, 상상적 세계에서 중요하다는 뜻이다.

　『베오울프』를 읽는 한 가지 방식은 이 작품을 한 영웅의 삶에서 겪는 세 번의 대결로 생각하는 것이지만, 또 다른 방식은 이야기 속에서 서로 얽히는 세 명의 주요 인물들의 역사를 추적함으로써 각각의 운명을 고찰하는 것이다. 먼저 우리는 (시조인 실드 세아프손을 따라) 쉴딩족, 잉윈족, 스페아르데인족, 브라이트데인족, 웨스트데인족 등으로 다양하게 알려진 데인족을 만난다. 이 부족은 흐로트가르 왕이 만든, 세상의 경이로움이려 한 높다란 궁전으로 상징하는 권력의 정점에 있는 백성이다. 이 도금된 질서에 대한 위협은 그 내부로부터, 흐릿한 곳 너머 늪지대로부터, 그렌델과 그의 괴물 어미의 형태인 '카인의 일족'이 샅샅이 훑어 약탈하고 때를 기다리는 끔찍한 호수 밑바닥으로부터 나온다. 그러나 그것은 또한 외부로부터, 예를 들어 데인족이 전투에서 이긴 바 있어 복수의 전쟁 또한 예상할 수 있는 헤아토바르드족[12]으로부터도 나온다.(2020-2069행 참조)

베오울프는 사실 "지옥에서 온 두 약탈자"를 무찔러 (어쨌든 당분간은) 데인족을 구하고, 고국으로 돌아왔을 때 사건의 이러한 방향 전환을 예상한다. 예아트족의 왕, '보물 수여자' 휘엘락의 연회장에서 주인공은 안전한 철벽의 절벽 꼭대기에서 행했던 자신의 모험에 대해 이야기한다. 그러나 이러한 안전함은 일시적일 뿐이다. 예아트 백성은 결국 왕을 잃게 될 운명이기 때문이다. 휘엘락의 동맹으로 결국 그는 스웨덴의 왕, 옹겐테오우와 치명적인 전쟁에 참여하게 되었다. 그는 운명적인 공격 ─ 그의 두 명의 무사들이 책임 있는, 2484-2489행과 이후 자세하게 설명하는 2922-3003행 참고 ─ 을 직접 하지는 않았지만, 이 작품에서 '옹겐테오우의 살해자'로 알려진다. 따라서 결국 휘엘락의 후계자가 된 베오울프가 죽었을 때 예아트족은 커다란 비탄에 빠지며, 서사시는 침울한 예상의 분위기로 끝을 맺는다. 한 세상이 스러지며, 스웨덴족을 비롯한 다른 부족들은 국경 가까이 공격하러 몰려오는데, 방어력을 결집할 왕도 영웅도 없게 된 것이다.

따라서 스웨덴족은 이 이야기에 그 역사와 운명이 얽힌 세 번째 나라다. 주요 사건들이 그들 영토에서 벌어지지는 않지만, 이들 백성과 왕들은 주요 인물들이 갈등과 동맹을 맺는 두려운

---

12) 헤아토바르드족(the Heaðobards): 랑고바르드족의 일족으로, 남부 독일 지역에서 그 이름이 유지되었던 것으로 알려져 있다. 이들은 데인족과 갈등 관계였던 것으로 묘사된다.

층위로 거듭 나타난다. 스웨덴족은 작품의 정서적, 상상적
지형에서 점차 중요한 차원을 지니게 되는 것이다. 그리고
지적해야 할 점은 그 지형 감각에는 세상에 대한 어떤 분명한
지형 인식은 없으나, 위협받는 국경에 대한 두려움과 "다른
세상에서 온 거대한 방랑자가/ 황무지를 어슬렁거리며" 못과
황무지, 호수 너머로 점점 더 위험해지고 있다는 두려움이
극대화된다는 점이다.

　이러한 허깨비 같은 영역 안에서 각 왕들의 연회장은
실질적이고도 상징적인 도피처다. 이곳에는 따뜻함과 빛이
있고, 계급과 의례, 인간들의 연대감과 문화가 존재한다.
권력층은 젊은이들과 연회장 의자에 같이 앉고, 과거의 무사
왕들과 구원자 영웅들의 이야기를 공유하는 무사들은 미래에
그들처럼 유명해지려는 용감한 젊은이들 — 부하들, 무사들,
호족들, 신하들 — 과 어깨를 나란히한다. 전쟁 학살의 급습에서
영광스러운 이름을 얻으리라는 기대, 왕을 수호한다는 자부심,
그리고 자신과 궁전 동료들 사이의 연대 — 평화 시기의 연회와
보물 하사의 노래와 흥분으로 단단하게 맺는 연대 — 에 대한
영웅적 목격, 이것이 『베오울프』에 새겨진 게르만인의 무사
문화를 추진하고 보증했던 요소다.

　헤오로트와 휘엘락의 궁전은 이 작품의 사건을 결정하는
가치 체계의 중심이다. 그러나 또 다른 외부의 가치가 있다.
영웅의 세계를 가끔 멀리에서 보면서 있는 그대로 이해하는,
의식과 문화의 이전 상태로서, 완전히 드러나지는 않았지만
오늘날 또 다른 구조의 한 부분으로 이해되는 외부 체계다.
물론 이 외부를 둘러싸는 체계와 구조는 시인의 기독교 믿음과,
그의 선조들이 유럽 대륙에서 브리튼이라는 섬으로 새로이

이주하기 이전에 알고 있던 장소, 그리고 전설을 되돌아보는
영국인으로서의 관점에서 나온다. 교리에 대한 열정적이면서도
차분하기도 한 확신으로 시인은 작품의 이야기 전개 시간을
역사적 거리를 두고 볼 수 있고 심지어 옛 사람들의 삶의 방식을
검열한다.

그들은 가끔 이교도들의 신전에서
우상에게 재물을 바치며 맹세하고,
영혼 살해자가 그들을 도와 백성을 구하게 해 달라
탄원하기도 했도다. 그것이 그들의 관습이고,
이교도적인 희망이었도다. 그들은 마음속 깊이
지옥만을 기억하고 있었도다.(175-180행)

동시에 유산으로 받은 토속 문화와 예술가로서의 그를
특징짓는 상상적 공감의 결과, 시인은 북부 무사의 명예 제일
원칙을 베오울프가 말할 때 수사학적 힘의 무게를 온전히 그에게
부여할 수 있다.

슬픔에 잠기기보다
사랑하는 사람의 복수를 행하는 것이 항상 더 좋은
법입니다.
우리 각자 이 세상에 살고 있다는 것은
우리의 끝을 기다린다는 것을 의미합니다. 누구든 할
수 있다면
죽기 전 영광을 얻도록 합시다. 무사가 죽을 때,
그것은 그의 최선이자 유일한 지지대입니다.(1384-1389행)

이와 같이 서로 다른 두 심리적 실들로 짜인 작품이, '인간 주체성의 불안'이 사실로 간주되지 않지만 끊임없이 논쟁의 대상이 되는 시대에 문제가 되어서는 안 된다. 사실 『베오울프』는 갈등하는 현실이 새로운 질서 안에서 거처를 찾는 것으로 창조적 상상력의 작품을 인식한 초기 근대 개념에 완벽하게 부응한다. 그래서 이러한 화해는 이 작품의 세 번째 부분, 용이 그림 안으로 들어오고 과거의 영웅이 마지막 절정의 시련을 향해 온 힘을 모아야 하는 지점에서 가장 통렬하고도 강력하게 나타난다. 베오울프가 바위 아래로, 바위 절벽으로 둘러싸여 안락함이라고는 전혀 없는 곳으로 들어가는 순간부터 독자들은 그가 "운명에 찍힌" 사람들 중 한 명임을 알게 된다. 작품은 가까이에서 맴돌고 있는, "알 수 없으나 확실한" '운명'의 강렬한 직관으로 물들어 있으나 이 본능적인 느낌은 보다 더 형이상학적으로 완화된 "뼛속까지 오싹한 두려움"보다는 덜한 것으로 변한다. 왜냐하면 우리 의식 안에서는 영혼이 "변함없는 집들 사이에서" 궁극의 집을 찾을 것이라 기대하도록 배워 상상하기 때문이다.

투구를 쓰고 궁전에 속한 차원에서부터 천국의 빛 안에서 사물들을 보는 차원으로 옮겨 가는 것과 비슷한 경우는 시인이 금을 상상하는 다른 방식에서 찾아볼 수 있다. 금은 지하 둥근 천장의 방에서, 왕비의 가슴 위에서, 또는 궁전의 의자에 앉아 있는 무사들의 무기와 예복 위에서 단단히 빛나는 지속적인 요소다. 그것은 약탈품으로 배에 실려, 구부러진 막대 형태로 궁정의 선물로 하사되다가, 보물로 땅에 묻히고, 영광스러운 과거에 대한 인정과 그에 대한 애상으로 영원히 지하에 묻힌다. 이리하여 성(性)이 소비문화에 스며드는 것과 같은 방식으로 그것은 이 작품의 에토스에 스며든다.

그러나 웨알스의 아들 시게문드가 이전에 용을 살해한 승리(오래전 베오울프의 시절 훨씬 이전) 이후 영향력을 가중시키는 금괴는 베오울프의 무덤 뒤에 안전하게 보관되는 금괴보다 더 믿을 만한 재산이다. 이 작품 끝에서 금은 기독교 환상에서 오는 광휘에 시달린다. 그러나 이는 금이 중세 시대 세속적인 타락의 의미에서 부와 동등하다는 것이 아니라 값어치 있는 광물로서의 모든 지위를 의심받게 됨을 말한다. 그것은 손에서 손으로 건너가는 일시적인 것이고, 그 바뀐 지위는 변한 세상의 한 증상으로 나타난다. 일단 용이 시달리게 되자, 작품의 마지막에 스며들어 있는 쫓겨남의 느낌과 애상이 불능의 암울한 빛으로 보물 수장고에 들어온다. 그리고 용 자신은 구질서의 귀재로서 이 빛에 몸을 담근다. 그래서 그가 소동을 일으키기 시작할 때조차 독자는 그의 독재 시절은 다 가고 있음을 예감한다.

그럼에도 불구하고 용은 놀라운 필연성과 고유의 매력을 지니고 있다. 그렇다고 다른 괴물들이 존재성과 아우라를 지니지 않는다는 말은 아니다. 이는 그들이 폭력을 저지를 수 있는 힘을 갖고 있는데도 물질계의 창조물로 머무른다는 것을 더 의미한다. 그렌델은 독자들의 상상력 안에서, 어둠 속에서 개 호흡을 하는 어떤 것으로 살아나, 단단한 뼈다귀와 강력한 인간 형태의 로봇, 즉 칼리반[13]과 장갑 보병의 혼합체와 충돌하는 두려운 존재다. 그의 어미 또한 분명히 잔혹한 기미를 띤, 물에서는 수달처럼 재빠르고 육지에서는 구부정하게 돌격하는 존재이기는

---

13) 칼리반(Caliban): 반인반수의 존재로서 셰익스피어의 「폭풍(The Tempest)」에 등장하기도 한다.

하나 어떤 낯설지 않은 점을 지니고 있다. 시험받는 주인공의 상대로서 그렌델과 그의 어미는 적절하게 정면 대응하는 힘을 갖고 있다. 시인으로서는 악마의 일을 행하는 이들이 필요하지만, 이 작품에서는 베오울프의 육체적 힘과 무사로서 그의 뛰어난 재능을 불러 내 보여 주기 위한 인물들로서 그들이 더 필요하다. 그들은 젊은 명예 추구자에 알맞은 적수들이고, 공식적으로 자랑하도록 유도하는 존재들인 동시에, 음울한 시험장으로 들고 돌아가기에 가치 있는 노획물이다. 즉 그렌델의 팔은 찢겨 못에 박혀 높이 전시되며, 그의 머리는 잘려 혜오로트의 가두 행진에 놓이게 된다. 그것은 "바람의 집처럼/ 절벽을 둘러싼 바다처럼 드넓게" 명성을 얻으려는 젊음의 몰아치는 충동과 완전히 일치하는데, 그 충동은 바로 게르만적 영웅을 극명하게 증거한다.

그리고 50년 후 용이 등장한다. 그가 등장하는 그의 둥지는 메마른 둥근 지붕의 돌 거처에서, 몸으로 뜨거워진 황금 주변에 똬리를 틀며 자신을 무더기로 쌓는 곳이다. 그는 깨어나 자신을 드러내는 방식에서 영광스러운 무엇인가를 보여 준다. 그것은 마치 밤하늘을 가로질러 길을 내는 7월 4일의 작렬하는 불꽃과 같다. 그리고 오랜 세월 동안 둥근 봉분 속에 숨어 지내어, 그에게는 나풀거리는 것뿐만 아니라 단단함도 있다. 그는 땅의 단층이면서 동시에 대기 속 유영자이고, 그려진 용이 아니라 실로 몽상적 힘을 지닌 형상으로서 '용'이라는 말을 언급할 때 일어나는 편견에서 쉽게 살아남을 수 있는 존재다. 중세 예술에서나 현대 디즈니 만화에서 용은 의도한 것보다 훨씬 덜 무서운 인상을 남기지만, 『베오울프』의 마지막 부분에서는 용보다는 운명, 즉 파충류 척추동물이 아닌 운명으로 우리의 상상력 안에 자리 잡는다.

그렌델과 그의 어미는 외부에서 우연하게 베오울프의 삶에 들어온, 다른 상황에서라면 그가 감당하지 않았을 도전이며, 그가 주의를 돌리거나 관심의 방향을 바꿀 수도 있었던 적들이다. 반면 용은 자신의 영역을 차지한 채, 자신의 이해 능력 안에서 지하에 살면서, 만남을 기다리고, 개울물을 감시하면서, 홉킨스[14]가 칭한 "사자의 팔다리"로서, 아주 음흉하게 앉아 질문하는 존재다. 베오울프는 자신의 몸과 영혼을 그에 대비시켜 스스로 평가해야 한다. 용은 그림자 윤곽이자 죽음의 어두운 계곡을 찬양하는 자와 같은 존재이며, 육체와 영혼의 생존을 위해 지불해야 할 대가를 아는 바로 그 종들에 깊게 새겨진 지식의 화신과 동일하다.

종종 『베오울프』에 나오는 성서 언급은 모두 구약에 대한 것이라고 여겨져 왔다. 시인은 어떤 초월적 약속보다 비극적인 것, 기다리는 것, 사물들의 고려되지 않은 측면에 더 동정적이다. 베오울프와 용의 싸움은 경험의 도가니 안에서 정련된 그의 지하 신의 지혜를 투사하는 것으로 읽을 수 있는데, 그가 이 싸움을 준비할 때의 분위기는 다른 영웅들, 『콜로누스』에서의 오이디푸스, "성숙함이 전부"라는 극단에 있는 리어 왕, "예언적인 영혼"의 마지막 환영들 속에 있는 햄릿의 분위기를 상기시킨다.

---

14) 제라드 멘리 홉킨스(Gerard Manley Hopikns, 1844-1889)의 "사자의 팔다리": 홉킨스는 19세기 영국의 시인이자 사제로서 영어의 강세 운율이 두드러지는 작품들을 남겼다. "사자의 팔다리"는 그의 작품 「썩은 위안(Carrion Comfort)」에 나오는 어휘다.

누구라도 그곳에서
쉽게 획득할 수 있는 것이 아니었도다.

역전의 왕은 절벽 꼭대기에 앉았도다.
그는 그의 집과 금을 나누었던 예아트인들에게
안녕을 고했도다. 그의 마음은 슬프고,
불안했지만, 자신의 죽음을 예감하며 준비했도다.
그의 운명은 알 수 없지만 분명히 가까이 어른거리고
있었도다.(2415-2421행)

이 부분에서 시인은 환상에 다가갈 정도의 통찰에 이른다.
주체적이고 필연적인 것이 완벽하게 균형을 이루어, 단단하게
된 것이 완전히 육감적인 어떤 요소 안에 흠뻑 적셔진다. 그리고
전체적으로는 느리게 움직이며 영웅의 죽음과 장례식을 향해
계속 스스로 지연하며 다가가게 되는 것이다. 베오울프의 영혼은
"고정된 장소들 사이 운명 지어진 곳"으로 날아가지 않았을 수도
있으나, 그에게는 이미 무덤을 넘는 어떤 측면, 그의 단호함에
깃든 유령의 특성이 있다. 이 작품은 인류학적 흥미와 전형적인
영웅시대의 소재로 가득 찬 이야기의 운율에만 그치지 않는다.
이 작품은 고귀한 질서를 담은 시로서, 위대한 서정적 강렬함을
띤 시구들, 예를 들어 "마지막 생존자의 노래"(2247-2262행), 더
강렬하기로는 소위 "부친의 한탄"(2444-2462행)은 마치 인간의 고통
감수 능력 기반의 벌어진 틈새로부터 분출하듯 터져 나온다.

이것은 교수대에 매달린 아들의 육체를
늙은이가 여전히 살아 있으면서

볼 때 느끼는 처참함과 같도다. 그는 그가 매달려 있는
곳에서 까마귀가 고소해하는 모습을
지켜보면서, 아들을 향해 통곡하며
흐느껴 울기 시작하노니. 그는 아무 도움이 될 수가
없도다.
노년의 지혜는 그에게 아무 가치가 없도다.
아침마다 그는 깨어나 아들이 떠났다는 것을 기억하고,
또 다른 후계자가 궁에 태어날 때까지
살아갈 마음이 들지 않는다.
(……)
그는 그리움을 안고 홀로 침대에 누워
슬픔의 노래를 부르도다. 농장도 들판도
모든 것이 광활하게 느껴지도다.(2444-2462행)

이 시구들은 시적 성취의 궁극의 단계를 보여 주며, 마지막
베오울프의 영혼의 상태에 대한 상상적 등가물이다. 이때 그는
자신의 신하들에게 "전투의 운명은 (그들의) 군주를 데려갈
것이다."라고 말하는데, 이는 210행부터 218행, 1903행부터
1924행에서 매우 생생하게 묘사된 바다 여행이 그의 고양된
절정의 등가물인 것과 같은 방식이다.
　이러한 강렬한 서정적 순간에, 시의 용골은 정신의 전망이
순수한 이해의 요소에서 운율적, 원근법적으로 흔들리는
동안에도 감각 안에 깊이 자리 잡는다. 이는 『베오울프』의
상승은 모순되게도 항상 땅을 향해 부유하면서 내려온다는
것을 말한다. 이 점이 더욱 분명하고 기억에 남을 만한 대목이
시의 마지막 부분에서 영웅의 장례식을 설명하는 장면이다. 이

장면에서는 설명할 수 없는 점과 애상적인 점이 결합하는데, 장례식 장작들이 준비되고 시체를 불에 태우며 무덤을 만드는, 불멸의 것이면서 동시에 특이하게도 현시대적인 장면에 대해 묘사한다. 불꽃이 죽은 군주의 시신을 태우는 동안 무서워 울부짖는 예아트족 여성은 20세기 말 뉴스 기사에서, 르완다나 코소보에서 곧바로 등장할 수 있다. 그녀의 통곡은 정신적 외상, 심지어 무시무시한 사건에서 살아남아, 지금은 아무런 위안거리가 없는 미래에 노출되어 있는 사람들의 마음속을 악몽처럼 살짝 드러낸다. 우리는 즉각 그녀의 곤경과 암흑 같은 슬픔을 인식하게 되고, 그들이 타당하고 위엄 있게 용서할 수 없는 진리로써 표현하도록 하는 것이 더 낫다는 걸 자각하게 된다.

> 그들은 높은 곳에서 가장 커다란
> 장례식 불을 지폈도다. 나무 연기가 어둡게
> 하늘로 치솟았고, 불꽃이 울부짖으며
> 그들의 울음을 묻어 버렸고, 바람이 잦아들고
> 불꽃이 뜨거운 뼈의 집을 속속들이 태워
> 다 무너뜨렸도다. 그들은 위안받을 길 없이
> 지도자를 잃은 것에 크게 애통해했도다.
> 한 예아트족 여성은 슬픔에 겨워 노래를 불렀도다.
> 머리칼을 틀어 올려, 자신의 가장 힘겨운
> 두려움, 악몽과 한탄을 장황하게
> 토로했도다. 침략받은 나라,
> 학살된 적들, 높이 쌓인 시체들,
> 노예와 모욕을. 하늘이 연기를 삼켜 버렸도다.(3143-3155행)

이 번역에 대해

나는 벨파스트의 퀸스대학교 학부 시절 『베오울프』와 앵글로 색슨 시대의 다른 시 작품들을 공부하며, 그 언어에 대한 느낌뿐 아니라 작품의 특성인 우울과 결단성에 대한 애정을 키웠다. 결과적으로 『노튼 영문학선집』의 편집자들로부터 이 작품을 번역해 달라는 요청을 받았을 때 나는 나름 시도해 보려는 유혹을 느꼈다. 나는 고대영어에 능통하지는 않았지만, 그 언어의 첫 지층으로 돌아가 '보물 창고'(2509행)를 헤집고 싶은 마음이 강하게 일었다. 1980년대 중반의 일이었는데, 당시 나는 하버드대학교에서 정규 강의를 시작하여 당대 미국시의 제어되지 않는 음악성에 내 귀를 열고 있던 참이었다. 『베오울프』 번역 작업을 승낙한다는 것은 (나 자신과의 논쟁이었으나) 일종의 청각의 해독제, 내 언어의 닻이 앵글로색슨 바다 밑바닥에 박혀 확실히 머무는 방식일 수도 있었다. 그래서 나는 그 일을 하기로 했다.

그러나 나는 곧 망설였다. 그것은 노동 집약적 작업, 필사하는 느린 작업이었다. 나는 충실하게, 마치 수능 준비하는 학생들이 숙제하듯 일했다. 하루에 20행씩 번역하기로 작정하고는 어려운 단어들을 필기해 놓고, 구문을 통해 길을 찾아가려 했으며, 내 머릿속에서 의미가 이루어지는 것을 파악하고, 그 행들이 운율 형태로 바뀌어 시의 힘으로 내달릴 수 있을 거라고 희망하곤 했다. 그러나 오늘날의 영어로 바꾸려는 모든 노력은 장난감 망치로 커다란 바위를 깨뜨리려 애쓰는 것과 같았다. 처음에 너무나 매력적이었던 수작업, 확실한 바위 느낌에 나는 좌절했다. 나는 다른 작업으로 돌아섰고, 편집자들이 나를 재촉하지 않아 그 일은 중단되었다.

그럼에도 나는 그렇게 놔둘 수는 없음을 본능적으로 알고 있었다. 나 자신이 언어적, 문학적 기원에 대해 이해했던 까닭에 그 일을 포기하는 것이 망설여졌다. 예를 들어 나는 내 첫 시집의 첫 작품에서 어떤 행들은 의식적인 의도 없이도 앵글로색슨어의 운율 요구에 부응했음을 알고 있었다. 이 행들은 균형을 이루는 두 반쪽으로 나뉘고, 각각의 반에 두 강음절이 나타나는데, 예를 들어 "삽은 자갈로 된 땅 속으로 들어가고/아버지는 땅을 판다. 나는 내려다본다.(the spade sinks into gravelly ground:/My father, digging. I look down)"[15]에서 그러하다. 그리고 두 번째 행에서는 '땅을 판다(digging)'와 '내려가다(down)'를 연결하는 두음이 중간 쉬는 부분을 넘어서 등장한다. 말하자면 나의 일부는 처음부터 앵글로색슨어를 썼던 것이다.

나의 청각을 처음 형성한 시인이 홉킨스였다는 점에서 이는 놀라운 일이 아니다. 홉킨스는 고대영어의 영역에서 나온 한 조각이었고, 내가 학생 시절 발표한 첫 시행들은 홉킨스에 대한 모방이었던 만큼 앵글로색슨어에 대한 모방이기도 했다. 홉킨스의 시행들을 보자. "찌르레기 지붕을 지켜보고 제비는 갑자기/ 진흙 둥지, 집의 휴식처 횃대로 곧바로 가르며 날아든다.(Starling thatch-watches and sudden swallow/Straight breaks to mud-nest, home-rest rafter)" 등등. 나는 이 모든 점에 대해 다른 곳에서도 썼고, 나의 홉킨스 복화술과 얼스터의 화법 사이의 관계를, 특히 시인 로저스[16]가 희화하여 쓴 적도 있다. 로저스에 따르면, 얼스터 사람들은

---

15) 히니의 첫 시집 『어느 자연주의자의 죽음(Death of a Naturalist)』에 실린 「땅파기(Digging)」의 시구다.

16) 로저스(W. R. Rodgers, 1909~1969): 북아일랜드 벨파스트 출신 시인, 산문작가, 목사.

"날카로운 자음처럼/ 퉁명스러운 사람이며/ 부드러운 음을
여자애라고 생각하고", "믹, 티그, 어설픈 녀석들, 바티칸처럼/
공격하거나 공격당하는 어떤 것"으로부터 발길질을 당한다.

조지프 브로드스키[17]는 언젠가 시인의 자서전은 그가 이루는
소리에 있다고 말했는데, 나 역시 『베오울프』를 내 음성권의
일부라고 여긴다. 그러나 내가 그 언어 안에서 태어났다는 점과
그 언어가 내 안에서 태어났다는 점을 나 스스로 납득하는 데
시간이 필요했다. 브룩버러 경[18]의 북아일랜드가 처한 정치적,
문화적 상황에서 성장한 사람에게는 달리 그럴 수밖에 없었기
때문이다.

나는 아일랜드 민족주의자의 배경에서 태어나 북아일랜드의
가톨릭계 학교에서 교육받았다. 나는 아일랜드어를 배우고 그
언어를 말하는 것이 내 권리라고 여기지만, 한편 그 언어를
빼앗겼다고 여기는 문화적 이데올로기의 구조 속에서 살았다.
그리고 나는, 예를 들어, 아일랜드어 영어 사전에서 'lachtar'라는
어휘를 처음 우연히 접하고, 내 이모가 항상 병아리 떼에
대해 말할 때 사용했던 이 어휘가 실은 아일랜드어였음을
알고 흥분했으며, 또한 아일랜드어의 어휘는 특히 데리주와
관련된다는 점을 알았을 때는 그 이상으로 흥분했음을 쓴
바 있다. 그러나 그 어휘는 사실상 선조들을 따라 영어를 쓴
이모 세대에서 살아남았으나 나의 세대에서는 아일랜드어로

---

17) 조지프 브로드스키(Joseph Brodsky, 1940-1996): 러시아 출신 미국
시인. 1972년 러시아에서 추방되어 미국에 정착했다. 1987년에 노벨문학상을
받았다.

18) 브룩버러 경(Lord Brookeborough, 1888-1973): 1943년에서부터
1963년까지 북아일랜드 지방정부의 수상을 지낸 인물. 북아일랜드의
통합주의자이면서 반가톨릭 성향이 강했다.

말하지 않게 되었다. 그러므로 오랜 동안 가련하게도 그 어휘는, 조이스[19]의 비유를 빌리자면, 의식의 날카로운 칼끝과 같아, 언어 상실과 문화적 성향을 자각하여 나를 찌르고, 나로 하여금 언어에 대해 이진법적으로 사고하도록 유혹했다. 나는 영어와 아일랜드어를 서로 대립적인 언어로, 둘 다가 아니라 이것 또는 저것의 조건으로 인식하게 되었고, 이로 인해 오랫동안 성가시던 모든 문제들을 자신 있게 창조적으로 다루는 태도를 발전시키는 데 방해받았다. 그 문제는 바로 아일랜드의 국적과 역사, 그리고 문학적 전통 간의 관계에 관한 문제다.

나는 운 좋게도 일찍이 벨파스트의 퀸스대학교 인문학부 시절 첫해부터 이런 종류의 문화적 결정론에서 자유로울 수 있는 가능성을 보았다. 당시 우리는 존 브레이드우드 교수가 담당하는 영어사 강의를 들었다. 브레이드우드 교수는 예를 들어 '위스키'는 아일랜드인과 스코틀랜드인들의 어휘인 '위세 (uisce)'와 같은 어휘로서 물을 의미하며, 브리튼에 있는 어스크 강(the Usk)은 따라서 어느 정도는 위세(Uisce 또는 Whiskey) 강이라는 점을 우리에게 알려 주지 않을 수 없었다. 그래서 내 마음속에서 강물은 갑자기 코케인(Cockaigne)[20]의 원시 그대로의 켈트브리튼 땅으로부터 발원한 강들 중 일종의 언어의 강으로 변했다. 그 강은 말하자면, 정치 이전, 인류 타락 이전, 원시언어의 빅 로크 캔디 마운틴[21]의 틈에서 쏟아져 나온 『피네간의 경야』의 말의

---

19) 제임스 조이스(James Joyce, 1882-1941): 아일랜드 출신의 작가. 『더블린 사람들』, 『젊은 예술가의 초상』, 『율리시즈』 등의 작품을 남겼다.

20) 코케인(Cockaigne): 아일랜드 신화에서 온갖 편안함과 즐거움을 누릴 수 있다고 전해지는 곳.

21) 빅 로크 캔디 마운틴(Big Rock Candy Mountain): 미국 유타주에 있는 높이 약 1700미터의 산.

강물이었다.

이 모든 것은 내게 놀라울 정도로 긍정적인 영향을 미쳤다.
아일랜드·영어의 이중성, 켈트·색슨의 반명제는 곧 사라지고,
그 결과 어원의 소용돌이에서 어떤 희미한 인식의 빛이 그
결합을 통해 반짝였다. 그리고 나는 다른 곳에서 가능성을 얼핏
보았는데, 그곳은 동시에 기억되는 어떤 곳처럼 보였다. 어스크와
위세, 그리고 위스키가 만나는 언어 지도 상의 지점은 분명히
영혼이 구멍을 찾을 수 있는 지점이었다. 그곳은 존 몬터규[22]가
"분할된 지성"이라고 칭한 것으로부터 분열되지 않은 언어의
나라, 한 사람의 언어가 인종의 단순한 구속이나 문화적 선호
또는 공적 성향이 될 수 없는 영역으로 도피하는 길, 그러면서
또 다른 언어로 향하는 입구를 찾을 수 있을 장소였다. 그래서
나는 결국 『베오울프』 자체에서 도망갈 구멍들 중 하나를 찾게
되었다.

렌[23]의 시 편집본 용어 사전에서 '고통을 겪다.'는 의미의
고대영어 어휘 'polian'을 찾아본 적이 있었다. 그 어휘는
처음에는 익숙한 'th'를 대신한 가시 상징으로 완전히 낯설어
보였지만 나는 점차 그게 전혀 낯설지 않게 되었다. 왜냐하면
그 어휘는 내가 자란 지역에서는 나이 많고 교육을 덜 받은
사람들이 늘 사용하던 어휘였기 때문이다. 이모는 갑작스럽게
사별의 고통을 겪은 가족에 대해 "그들은 고통을 겪는

---

22) 존 몬터규(John Montague, 1929~2016): 미국 뉴욕에서 태어나 어린
시절을 북아일랜드에서 지내다 미국 예일 등지에서 교육을 받았다. 1970년대
아일랜드를 대표하는 시인으로 평가받고 있다.
23) 렌(C. L. Wren, 1895~1969): 영국의 언어학자. 그의 1953년도
『베오울프』 편집은 널리 알려져 있다.

것(thole)을 알아야만 하는구나."라고 말씀하시곤 했다. 그리고
'thole'은 오늘날 학문적 편집이라는 장치를 통해 갑자기 공적
문서에 등장했다. 이는 작은 호출기처럼, 이모의 언어가 스스로
외부와의 접촉을 자제하는 어떤 가족의 소유물에 그치는 것이
아니라 역사적 유산이기도 하다는 것을 상기시킨다. 즉 그것은
'polian'이라는 어휘가 스코틀랜드를 향해 북으로 갔다가
다음에는 농장주들과 함께 얼스터로, 그리고 농장주들로부터
원래 아일랜드어를 말하는 지역 사람들에게로, 그런 후 18세기
스코틀랜드의 아일랜드인들이 미국 남부로 이민할 때 다시
더 멀리 떠났던 여행을 포함하는 유산이다. 랜섬[24]의 책에서
"여성 여러분, 당신들이 오래 꽃피우기를, 그리고 고통을 겪어
내기(thole)를 바랍니다."라는 구절을 읽었을 때, 내 마음은 다시
고양되고 세상이 더 넓어지면서 무언가 더 확장되었다. 나는
그 어휘가 널리 퍼졌다는 점과, 랜섬의 근대성과 유서 깊은
『베오울프』덕택에 그 어휘가 다양하게 변형되었다는 것을
깨달으며 느낀 현상학적인 기쁨으로 인해, 여러 해가 지나서야
알게 된 어휘들에 대해 막연하게나마 어떤 느낌을 갖게 되었다.
내가 다문화적 오디세이 여정에서 'thole'을 계속 대면하면서
경험한 것은 오시프 만델슈탐이 언젠가 "세계 문화에 대한
향수"라고 정의 내린 정서였다. 그리고 이것은 이 작은 현현에서
그 절정을 경험할 때까지도 내가 고통받고 있다는 것을 알지도
못하던 향수였다. 마치 욕망에 의한 세례의 비유처럼, 나는
언어에 의해 깨달음 같은 어떤 것을 얻었던 것이다. 그래서

---

24) 존 크로어 랜섬(John Crowe Ransom, 1889-1974): 미국의
문학비평가이자 문학 교육가로서, 신비평을 주창하여 문학작품 안의 구조와
화자, 이미지나 상징 또는 은유 등을 분석하여 작품을 이해해야 한다고 주장했다.

당시에는 알지 못했지만, 나는 『베오울프』를 번역할 준비가 된 시점에 이르렀다. 'polian'이 내 올바른 길을 열어 준 것이다.

따라서 어떤 의미에서 노튼 출판사의 제안을 받아들이기로 결정하는 일은 초대가 실제 이루어지기 전까지 35년이 걸린 셈이다. 그러나 어떤 과제를 받아들일 준비가 되었다는 느낌과 첫 행을 실제로 쓰기 시작한 것 사이에는 항상 문제될 틈새가 존재한다. 다른 말로 표현하자면, 작가의 입장에서 시 한 편의 어휘들은 폴란드의 시인 안나 스워[25]가 칭한 "삶에 대한 생물학적 권리와 동일한 것"을 요구한다. 글쓰기의 성애는 그 과정, 생각에 앞서는 흥분과 방향에 필수적이다. 이는 자신의 조그마한 시 쓰기가 언어의 커다란 부두에 안전하고도 평온하게 정박할 수 있을 것이라는 느낌이다. 그리고 이는 독창적인 작품을 시도하는 시인에게처럼 번역자에게도 마찬가지로 진실이다.

단어들의 사전적 의미를 찾고 운율이 어떻게 진행될 것인지를 느끼는 것과 작품의 전체 음악에 음표와 음높이를 부여할 조음기를 찾는 일은 서로 완전히 다르다. 시인은 감으로 잡히거나 설정된 선율 없이는 번역자로 하여금 텍스트 안으로 올바르게 길을 찾아가도록 할 수 없다. 이런 점에서 나는 운이 좋았다. 이것을 가능케 할 선율을 거의 바로 들을 수 있었으니까. 그것은 바로 내가 어느 시 작품에서 "큰 목소리의 천한 사람들"[26]이라고

---

25) 안나 스워(Anna Swir, 1909-1984): 폴란드의 여성 시인. 2차 세계대전 중 레지스탕스 운동에도 참여한 바 있고, 여성의 몸에 대한 작품들을 남기기도 했다.

26) "큰 목소리의 천한 사람들"이라는 표현은 히니의 작품인 「러크 벡의 개울(The Strand at Lough Beg)」에서 쓰였다.

묘사한 바 있는, 익숙한 지역의 목소리, 아버지 친척들의
목소리였다.

　나는 그들을 '커다란 목소리'의 사람들이라고 말했다.
왜냐하면 가족이 말할 때 그들의 어휘들은 묵직하게 독특하고,
분절적인, 그래서 옷장 위에 늘어놓은 쟁반 그릇이라고 할 음성
단위들로 들렸기 때문이다. "오늘 우리는 옥수수 대를 잘랐다."는
단순한 문장도 그 부엌데기들 중 누군가가 말하면 대단한 위엄을
지닌다. 그들은 이를테면 미국 원주민들이 말할 때의 위엄을 지녀,
마치 잡담을 나눈다기보다는 판결문을 선포하는 것 같다. 나는
내 방식대로 『베오울프』를 소리 내어 읽기를 얼마나 바라는지
스스로에게 물어보았는데, 저 친척들 중 누군가가 해 주기를
바라는 것을 알게 되었다. 그래서 나는 널리 알려진 첫 부분을
그들의 목소리에 어울릴 억양으로 번역하려 했으나, 그것은
여전히 앵글로색슨어의 소리와 감각으로 울린다.

> Hwaet we Gar-Dena　　in gear-dagum
>
> peod-cyninga　　prym gefrunon,
>
> huða æþelingas　　ellen fremedon

　이 작품의 첫 어휘, 'hwaet'를 '햐(lo)'와 '들어 보시라(hark)',
'보시라(behold)', '집중하시라(attend)' 등 관습적으로 해석하는
것은 고어체적 문해의 경향을 보이는데, 더 구어적인 '들어
보시오(listen)'가 해결책으로 이전에 제시된 바 있다. 그러나
부엌데기들이 구사하는 아일랜드 영어에서 '자(so)'라는 소사가
자연스럽게 대타로 등장했다. 그 문구에서 '자(so)'는 이전의
이야기와 대화를 모두 잊어버리게 하는 표현인 동시에 즉각

집중하도록 기능하기 때문이다. 그래서 '자(so)'가 나타난 것이다.

　　　자. 옛날 덴마크의 쉴딩족과
　　　그들을 통치했던 왕들은 용감하고 위대했도다.
　　　우리는 그들의 영웅적인 전투들에 대하여 들은 바
　　있노라.

　나는 직접적으로 전달하는 것을 선호하는 선입견을 갖고
『베오울프』 번역에 임했다. 나는 이 작품의 언어가 비록
화려하고 이야기 방식이 종종 애매하기는 해도 그 목소리는
매력적일 정도로 직접적임을 기억하고 있었다. 내가 항상
사랑했던 점은 일종의 직설법, 삶의 위험성에 대한 의식을
공유하면서도 그것을 꾸준히, 그리고 필요할 때는 단호하게
이해하면서 계속 솔직한 분위기 속에서 살고 있다는 느낌이었다.
이 점이 『베오울프』 시인의 세계관이 지닌 견실한 특징이다.
이 특징으로 인해 시행들에는 거대한 감정적 믿음이 실리게
된다. 그리고 시인은 경험과 과묵함 위에 너무나 단단히 딛고
있어서 '교훈적'이라고 할 수 없을 정도로 삶에 대해 일반적인
관찰을 할 수 있다. 이 작품의 소위 '금언적인' 부분에는 깨달은
지혜의 운율과 힘이 있다. 그 설득력과 진실이 내가 어린 시절
비천한 사람들의 부엌에서 들었던 말들에서 기억하는 바로
그것이다. 24-25행을 "존경받는 행동을 하는 것은/ 어디서나
백성들 사이에서 힘을 얻는 길이라."라고 번역했을 때, 나는
앵글로색슨어의 내용뿐만 아니라 원래 방언 씨앗에도 그만큼
관심을 두고 있었다. 그러나 이 구어 전통과 활자로 쓸 때
요구하는 것 사이의 중간 지점은 동시에 『베오울프』의 시인이

취한 지점이기도 하다. 이 작품의 스타일은 말로 전하는 시인들의 상투적 요소인 정형화된 구절에 호응하는 한편, "우리는 아름다워지기 위해 애써야 한다."[27]는 말을 확신하는 예술가의 자의식으로 도드라지기도 한다.

내 노력이 덜 완벽한 영역이 하나 있다. 나는 앵글로색슨 '시인(scop)'을 억누르는 엄격한 음율 법칙을 따르지 않았다. 나는 행마다 네 번의 강음을 두는 기본적 구조를 따르면서도 여러 번 이탈했다. 예를 들어, 늘 두운을 쓰지 않고 한 행의 반에서만 두운을 구사했다. 이러한 위반은 자연스러운 '감각의 음'으로 관습의 요구를 압도하기 바라서다. 나는 정확하기 위해 인위적인 형식이나 비일상적 단어를 억지로 사용하는 것에 마음이 내키지 않는다.

일반적으로 두운은 어슴푸레한 것에서부터 분명한 것까지, 적절하게 배분되는 것에서부터 적절하지 않게 배분되는 것에 이르기까지 다양하다. 분명하고 적절한 것은 다음과 같은 행이다.

> The fortunes of war   favoured Hrothgar (64행)
>
> the highest in the land,   would lend advice (172행)
>
> and fiind friendship   in the Father's embrace (188행)

이 행들에는 중간 쉼이 분명하고, 행의 각 반쪽 부분에 강음절이 둘 있으며, 두 번째 반쪽 첫 강음절은 첫 번째 또는 두 번째 아니면 이 둘 모두와 두운을 이룬다. 여기에서 일어나는 주요한 일탈은, 다른 번역자들이 허용한 바 있는데, 네 번째 강음절에 자유로이 두운을 구사하는 방식이다. 이는 법칙에

---

27) 윌리엄 예이츠(W. B. Yeats)의 시 「아담의 저주(Adam's Curse)」의 시행.

어긋나지만 행을 결속시킨다.

We have héard of those princes' heróic campaigns (3행)
and he cróssed over   into the Lórd's kéeping (27행)

번역 과정에서 그러한 변화나 이탈, 음 당김, 확장 등이
일어난다. 내가 최우선으로 삼은 것은 그것이 일을 의미하는
것인 양 들리는 서술체 행이었다. 그래서 나는 다른 것들을
희생하면서 이러한 직접적으로 말하는 것을 계속 밀고 나갈
태세를 갖추었다.

　예를 들어, 고대영어 문장 구조의 병렬적 성격은 이 번역에서
얼마간 무시되고 있다. 그리고 『베오울프』 시인의 풍부한
동의어 능력과 그보다는 덜하지만 복합어 조어 및 완곡 대칭
어법 등 모든 다양한 변화에 대한 그의 천재성에 대해서도
마찬가지다. 보통 내가 'yoa ful'을 '넘실대는 파도 통'이라고 한
1207행에서처럼, 그리고 'beado-leoma'를 '전투 횃불'이라고 한
1523행에서처럼 나는 시인의 유사 어휘를 찾는 습관을 원래의
것에 맞추려고 노력했다. 그리고 나는 왕들에 대해 '반지 수여자',
'보물 수여자', '백성의 수호자' 또는 '목동' 그리고 '투구' 등으로
다양하게 언급하는 흔한 신조어들을 사용했다. 그러나 나는
시인이 검이나 창, 또는 전투나 적과의 피투성이 대결을 의미하는
복합어에서는 시인이 그 변화를 울리는 방식에 덜 충실하게
따랐다. 고대영어는 생생하고 무언가를 상기시키며, 특히 이러한
것들에 대한 시적 어휘들이 풍부하다. 그러나 나는 주로 오늘날
사용법에 따라 검을 검이라 칭했다.

　물론 어휘가 자연스럽게 낯선 영역이 하나 있다. 시적으로나

195

역사적으로 올바른 경우 나는 얼스터 지역 어휘를 자유롭게
사용했다. 예를 들어 324행과 2988행에서 나는 'harness'에
대해 'garnith'로, 그리고 3026행에서는 'rooted about'를
'hoked'로 번역했는데, 지역 용어가 특별한 형식과 힘을 지니고
있기 때문이다. 그래서 나는 여러 군데에서 "bawn"을 역사적
함축성 때문에 흐로트가르의 홀을 의미하도록 사용했다.
엘리자베스 여왕의 영어에서 "bawn"(아일랜드어 bo-dhun에서
나온 어휘로서, 소가 묵는 곳을 의미한다.)은 특히 잉글랜드의
농장주들이 재산을 몰수당한 원주민들을 궁지에 몰아넣으려고
아일랜드에 세운 요새화된 거주지를 가리키는 말이었다. 그러니
이 용어는 흐로트가르가 기다리며 감시하는 전투 탑에 적용하기
적절해 보였다.

그렌델이 첫 공격을 개시하기 전 음유시인이 헤오로트에서
노래하는 것을 전달하는 아름다운 막간극을 읽을 때마다,
나는 아일랜드인들이 성을 불태우고 에드먼드 스펜서[28]를
먼스터에서부터 엘리자베스의 궁으로 쫓아내기 직전, 킬코만
성에서 『요정 여왕』의 시작 부분의 노래들을 월터 롤리 경[29]에게
읽어 주는 스펜서를 생각하지 않을 수 없다. 『베오울프』에
'bawn'을 집어넣는다는 것은 아일랜드 시인으로서는 정복과
식민, 흡수와 저항, 통합과 반목의 복잡한 역사에, 역사를

---

28) 에드먼드 스펜서(Edmund Spenser, 1552-1599): 엘리자베스 여왕
시대에 활동한 시인으로서, 우화적으로 여왕을 찬미하는 작품인 『요정
여왕(Faric Queene)』으로 유명히다. 이일랜드에 피견되어 먼스터 근교에
토지를 소유하며, 나중에는 킬코만 근처에 자신의 주요 근거지를 두고
코크(Cork) 북쪽 지역까지 토지를 소유하였다.
29) 월터 롤리 경(Sir Walter Raleigh, 1552-1618): 엘리자베스 여왕의 신하.
스펜서와 더불어 아일랜드에서 자신의 토지를 확장했다.

"다시 자꾸 자꾸/ 앞을 향해 의지적으로 할 수 있는 것"이라
여기기 위해서 관련된 모든 이들이 분명히 인정해야 할 역사에
익숙해지는 한 가지 방식이다.

옮긴이의 글

영문학 최초의 영웅서사시

허현숙

 오늘날 세계에서 강력한 문학 자원을 제공하고 있는 영미권의
문학계는 비교적 그 역사가 짧다. 물론 그리스 로마 문학의
영향을 받았으므로 영미 문학이 고대에서부터 발원했다고도
말할 수 있겠지만, 영국 거주민으로부터 나온 문학 작품은
『베오울프』가 처음이었다. 이 작품이 정확히 언제 쓰인
작품인지에 대해서는 7세기 후반이라거나 10세기일 것이라는
등의 여러 주장이 제기되고 있는데, 7세기 후반에 쓰인 것이라
할지라도 유럽 다른 나라들에 비해 비교적 늦은 편이라고 할
수 있다. 그렇지만 영국의 역사를 써 내려온 앵글로색슨족이
원래 거주하던 북유럽을 떠나 영국 섬에 이주한 시기가 대략
450년경이었다는 사실에 견주어 보면 그다지 늦은 것도 아니다.
 앵글로색슨족은 원래 영국 섬에 거주하던 켈트족을 북으로
밀어내고 섬을 점령하여, 600년경 기독교를 받아들임으로써
유럽 대륙의 문화를 받아들이기 시작했다. 물론 이들이 북유럽
선조들로부터 전해 들은 옛이야기들과 노래 등을 이 시기의
일상생활에서 서로 나누며 향유했을 것임은 분명하다. 그런데
그런 노래나 이야기들 중 비로소 문자로 기록되어 정형화된 문학
작품으로 남겨진 것이 바로 『베오울프』다.
 따라서 이 작품의 배경이 오늘날 스칸디나비아 반도 및 덴마크

199

북부 지역임은 당연하다. 그리고 이야기를 이끄는 인물들은 이곳에 살았던 데인족과 예아트족이다. 즉 『베오울프』는 영국에서 쓰였으면서도 영국의 당대 역사적 사실과는 무관한 작품이라고 할 수 있다. 휘엘락 왕이 프랑크족의 나라를 침공했다는 사실을 언급하고 있으므로 역사적 사실과 완전히 동떨어진 작품이 아니기는 하나, 영국에 거주하던 당대 앵글로색슨족의 역사는 아니다. 여러 부족 간의 싸움이나 갈등, 인물들 사이의 미묘한 신경전 등을 묘사하는 부분을 볼 때는 이 작품이 실제로 있었던 일을 다루고 있는 듯 보이지만, 주인공이 겪어야 하는 어려움들은 파고들어가 본다 해도 사실적이라고 할 수는 없다. 작품에 등장하는 인물들은 실제 존재했다 쳐도 그들이 겪는 사건이나 행적은 상상력의 산물로 보인다. 그래서 『베오울프』는 문학 작품으로서의 의미를 더하는 것이다.

이 작품이 전하는 이야기를 '누가 기록하여 현재의 『베오울프』로 만들었는지'에 대해서는 여전히 알려져 있지 않다. 다만 문자로 기록하기 위해 필요한 문자 해독 능력을 갖추었을 뿐만 아니라 여러 특징들로 보건대 문학의 기본적인 요소에 익숙한 사람이 쓴 것임은 분명하다. 그런데 누가 썼는지는 작품을 이해하는 데 그다지 중요하지 않다. 왜냐하면 이 작품은 서정시처럼 시인의 개인적 체험에 바탕을 둔 작품이 아니라 베오울프라는 영웅에 관한 이야기이기 때문이다. 즉 시인의 주관적인 느낌이나 정서보다는 주인공의 행적, 특히 이 작품에서는 영웅적 모험이 주요 내용을 이루므로 『베오울프』를 쓴 시인이 누구이든 작품 이해에 그다지 큰 요소가 되지는 않는다. 다만 작품을 통해 우리는 이 시인이 당시 앵글로색슨족들에게 전해지던 옛이야기 속 믿음이나 당대 궁중의 습속과 관습에 익숙할 뿐만 아니라 기독교 신앙을 지닌 사람이었음을 쉽게 추측할 수 있다. 그만큼 고대 세계관과 기독교적 믿음을 드러내는 시인의 관점이 작품 곳곳에 배어 있다. 특히 이 작품의 기독교 믿음은 구약의 믿음과 관련을 맺고 있다. 우주 창조의 하느님, 그의 의지로 모든 것이 결정된다는 하느님의 전지전능을 굳건히 믿는 점, 그리고 무엇보다 그렌델과 그 어미를 카인의 후예로 설정한다는 점 등을 보면 이 작품에 드리워진 구약의 가르침이 얼마나 강한지 알 수 있다.

그러나 이 작품을 기독교적 신앙에 기반한 작품으로만 이해하기에는 다른 요소가 매우 크게 자리 잡고 있다. 그것은 바로 고대 무사들의 계급사회를 관통하는 비기독교적 가치 체계다. 그 가치 체계에서 왕과 신하, 군주와 무사의 관계는 명령과 복종의 절대적 순응으로 이루어진 관계이면서도 그것만으로 유지되는 관계는 아니다. 왕은 왕으로서 군주는 군주로서 신하 또는 무사를 명령으로 지배하기보다는 그들의 헌신과 봉사에 대해 적절하게 보상하고 그들의 행동에 대해 믿음을 부여하는 지도력으로 지배한다. 그래서 신하가 왕을 보좌하고 무사가 군주를 지키는 것에는 그 각자 자신의 자리에서 자신이 섬기는 왕 또는 군주의 동료로서 존재한다는 자부심이 크게 작용한다. 즉 신분상 상하관계를 유지하지만 명령과 복종으로 유지되는 상하관계이기보다 서로에 대한 믿음과 각자 지닌 자부심을 바탕으로 한 상하관계다. 이에 따라 신하들 중 누군가, 또는 충실한 무사들 중 누군가가 적의 공격으로 죽임을 당했다면 그 죽음에 대해 철저하게 복수하는 것은 왕이나 군주가 행해야 할 의무이기도 하다. 그런 복수를 행하는 왕이나 군주를 보면서 다른 신하나 무사들은 다시 그 충성심을 북돋우며 싸움터로 나설 수 있는 것이다. 『베오울프』는 이러한 가치 체계를 보여 줌으로써 고대 사회의 가치를 이해할 단서를 제공하고 있기도 하다.

　이 작품을 영웅서사시라고 평가하는 이유는 무엇보다 주인공의 영웅적 자질과 그가 보여 주는 행적들이 평범한 사람들의 능력을 넘어선 대단한 성취라는 점에서 비롯한다. 우선 이 작품의 주인공인 베오울프는 세 번의 모험적인 싸움을 이겨 낸다. 첫 번째 싸움 상대는 늪지대에 사는 그렌델이라는 괴물이고 두 번째는 그렌델의 어미, 그리고 세 번째는 땅을 파고 그 속에 살던 용이다. 이들은 모두 인간계에 존재하는 평범한 악이 아니라 자연계의 괴물들이다. 아직 사람들이 일상생활을 영위하는 환경 저 너머에 무엇이 있는지, 그들이 어떤 존재이며 어떤 힘을 지녔는지 알지 못하던 시절 사람들의 내면에 자리 잡고 있던 외부 환경에 대한 두려움이 그렌델을 비롯한 괴물들에 투영되어 있다. 저 너머에 무엇이 존재하는지 알게 되는 것은 과학적 발견과 이해가 동반되어야 하는 것이니, 아직은 캄캄한 어둠 속에서 무엇인가 갑자기 나타나 인간의 생명을 위협할 수 있다는 의식이 지배적인 사회였다. 그러한 자연에 대한 두려움과 공포가 그렌델과 그 어미, 그리고 용에 투영되어 전개되고 그들의 위협과 힘으로부터 공동체의 일상 삶을 지켜 낸 덕목이 바로 베오울프의 영웅적 자질이다.

　베오울프는 어떤 거대한 힘 앞에서도 두려워하지 않고 그들을 대면했을 때 물러서지 않으며, 일단 결심하면 곧바로 실행에 옮겨 적과 싸워 이겨 낸다. 위험을 무릅쓰고 적과 싸우는 베오울프에게 자신의 개인적 이득이나 영달은 그리 중요한 행동 요인이 아니다. 다만 자신을 아껴 키워 준 군주에 대한 충성과 무공을 쌓음으로써 무사로서의 명예를 드높이려는 개인적 욕망이 작용하기는 하나, 그보다는 위험에 빠진 이웃을 도움으로써 자신의 종족이 그들로부터 과거 받았던 도움에 보답하고 그럼으로써 자신의 군주가 이웃으로부터 좋은 평가를 받도록 하는 것이 더 큰 동인으로 작용한다. 그가 그렌델 및 그렌델의 어미를 죽이고 고향으로 돌아와 나중에 왕이 되는 것은 그의 의도와 관계없이 된 결과다. 영웅적 자질을 지닌 인물은 결국 그 능력에 걸맞는 보상을 받게 된다는 것이 『베오울프』를 관통하는 믿음이기도 하다.

그리고 베오울프의 영웅적 자질은 무사로서의 용맹함에만 있지 않다. 그는 하느님 앞에 겸손하며 자신의 군주에게 헌신적일 뿐만 아니라 부하들에게도 아량을 베풀고, 나중에 왕이 되었을 때는 젊은 시절 못지않은 용기와 지혜로 통치하여 백성들의 추앙을 받는다. 또한 그는 부하들과 무사들의 용맹함에 대해 철저하게 보상하고, 자신이 약속한 바를 끝까지 지켜 그들의 신임을 얻는다. 이러한 군신 관계는 고대사회의 굳건한 지주로 보이는데, 이 작품은 바로 당대 사회 체제가 어떻게 작동하는지를 보여 준다는 점에서도 의미가 크다.

『베오울프』는 오늘날 영미권에서 배출되는 영웅담의 원형이기도 하다. 예를 들어 우리가 곧잘 접하게 되는 영웅적 인물을 주인공으로 한 영화에서 주인공들은 대체적으로 베오울프와 비슷한 성격을 지닌다. 이들은 위험에 처한 공동체를 구원하려고 스스로의 의지로 나선다. 자신의 죽음이나 희생은 베오울프와 마찬가지로 이들 주인공들에게 문제되지 않는다. 그저 자신이 속한 공동체가 위험으로부터 벗어날 수 있다면 자신의 운명이 어떻게 되든 개의치 않는다. 또한 위협을 가하는

괴물들의 정체가 드러나지 않는다 해도 이들에게는 그리
문제되지 않는다. 그리고 그 결말에는 베오울프가 괴물들을
모두 물리쳐 평온한 일상의 삶을 회복시키듯 주인공 영웅이
악의 무리들을 모두 무찌르고 이 지구에 평화를 회복시킨다. 즉
오늘날의 영웅담을 이 작품과 관련지어 읽는 일은 어쩌면 영국
문학사 최초의 영웅서사시를 변형하여 읽는 일이라고 할 수 있다.

  『베오울프』는 영문학을 전공하려는 학부 학생들에게는 험준한
산맥을 마주한 초보 등산가의 처지를 떠올리게 하는 작품이다.
원래 고대영어로 쓰인 이 작품은 오늘날의 영어로 번역된다
해도 이해하기 쉽지 않다. 우선 오늘날과는 다른 고대사회의
믿음과 생각을 담고 있어서 이 작품을 온전히 이해하기 위해서는
무엇보다 이질적인 문화와 생각을 받아들일 수 있는 열린 마음과
시선이 필요하다. 거기에 작품을 전달하는 어조가 요즘의 문학
작품에서처럼 평이한 일상 어조가 아니라는 점 역시 이 작품의
어려움을 더하는 요소다. 어느 지점에서는 영탄조로 전개하다
곧 웅장하고 장엄한 어조로 바뀌고, 또 어느 지점에서는 다른
인물의 입을 통해 조롱하는 어조가 나타난다. 더욱이 작품 안에
또 다른 시인이 등장하여 이 작품이 전하는 이야기보다 훨씬
더 이전의 어떤 사건들을 노래하거나 이야기한다. 이로 인해
독자들은 인물들이 긴장을 풀고 즐기는 연회의 순간에도 긴장을
늦출 수 없다. 그리고 주인공의 행적이나 주요 사건 전개와
무관한 이야기들이 중요한 이야기라도 되는 양 펼쳐지기도 한다.
그래서 이야기는 산만해지고 지루한 느낌을 불러일으킬 수도
있다. 하지만 곁가지가 많은 나무가 한 줄기로 뻗은 나무보다
풍성해 보이듯, 이러한 특징들은 작품을 더 풍요롭게 하는 중요한
요소다. 또한 이 작품의 풍요로움은 자연에 대한 세밀한 묘사로

공감의 진폭을 확장하는 부분들에서도 찾을 수 있다. 괴물의 거처를 묘사하거나 괴물을 맞닥뜨려야 하는 시점의 계절적 아름다움, 흐릿한 안개 속 손에 잡힐 듯하면서도 결코 파악할 수 없는 불가사의한 환경을 그려 낼 때 시에서는 서정적 운율과 감각이 짙게 배어 나온다. 또한 인간의 유한함에 대한 연민 가득한 한탄 역시 곳곳에서 대면하게 되는 서정적 요소다. 이러한 특징으로 인해 베오울프가 감당하는 엄청난 모험 이야기는 영웅적 차원에 더하여 서정적 장엄함을 지니게 된다.

처음『베오울프』의 원고를 보관했던 런던의 중세영문학 원서 보관소는 18세기 초반에 화재를 겪으면서 원고의 일부를 소실했다. 그 결과 몇 행이 사라져 알 수 없게 되어 버렸다. 물론 그 사라진 행들이 결정적인 부분은 아니지만, 독자로서는 축약 기호로 표기된 부분에 이르러 난관에 봉착한 느낌을 지닐 수밖에 없다. 그러니 이 작품을 읽으면서 낭만주의 시대의 서정시처럼 쉽게 읽을 수 있을 거라고 기대하기보다는 어려운 점이 있다는 것을 당연하게 받아들이고 읽는 자세도 필요할 것이다.

이 번역의 원본은 셰이머스 히니의 현대 영어 번역이다. 1995년 노벨문학상 수상 시인인 히니는 고대영어로 쓰인 이 작품을 현대 영어로 번역, 1999년에 발표하여 그해 영국의 저명 문학상인 윗브레드 상(The Whitbread Prize: 2006년에 코스타 상으로 바뀌었다.)을 받는 등 매우 높은 평가를 받았다. 히니의 번역 이전에 약 50여 종의 번역이 이미 나와 있었으나 대개 산문으로 된 번역이었다. 그런데 히니의 번역본은 우선 시 형식일 뿐만 아니라 앵글로색슨어, 즉 고대영어의 특징인 두운을 오늘날의 영어로 잘 살리고 있다. 거기에 적절한 어휘들이 유려한 문장으로 이어지면서 서정적이면서도 장엄한 어조를 유지하여 매우 우아한 번역이라는 찬사를 받는다.

『베오울프』를 우리말로 번역하는 일은 어쩌면 무모한 작업일
것이다. 무엇보다 두운을 우리말로 살려 내기는 거의 불가능한
일이고, 유장한 이야기를 원래 어조를 살려 가며 생생하게
번역하는 것도 쉽지 않은 일이다. 더욱이 익숙하지 않은 북유럽
사람들의 이름을 우리말로 표기하는 것도 많은 수고가 필요한
일이다. 그럼에도 불구하고 이 번역에서 가능한 한 우리말의
묘미와 이 작품이 지닌 웅장함과 우아함이 드러나기를 기대한다.

이 작품을 번역 출판한 출판사 민음사에 영문학자로서
감사를 전한다. 그리고 북유럽에서 온 고유명사들을 일일이 찾아
우리말로 제시하고 모든 행들을 꼼꼼하게 읽으며 교정에 애쓴
편집진에게도 감사의 마음을 드린다.

세계시인선 47   베오울프

1판 1쇄 펴냄 2021년 2월 15일
1판 2쇄 펴냄 2022년 5월 17일

지은이   셰이머스 히니
옮긴이   허현숙
발행인   박근섭, 박상준
펴낸곳   (주)민음사

출판등록   1966. 5. 19. (제16-490호)
주소   서울시 강남구 도산대로1길 62
           강남출판문화센터 5층 (06027)
대표전화   02-515-2000   팩시밀리 02-515-2007

www.minumsa.com

ISBN 978-89-374-7547-4 (04800)
      978-89-374-7500-9 (세트)

* 잘못 만들어진 책은 구입처에서 교환해 드립니다.

세계시인선 목록